好望角寻访之旅系列

边缘旅行

Travels at
the Frontier

刘文军 / 著

人民交通出版社股份有限公司
China Communications Press Co.,Ltd.

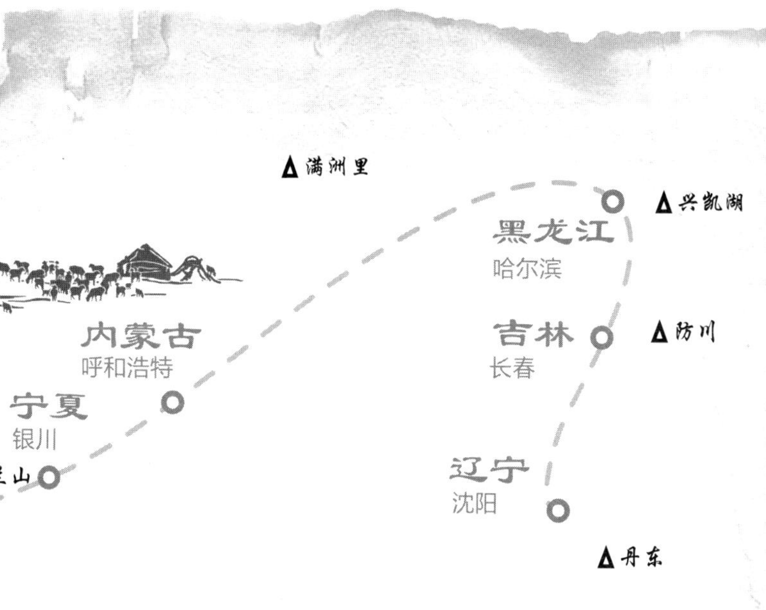
满洲里
兴凯湖
黑龙江
哈尔滨
内蒙古
呼和浩特
吉林
防川
长春
宁夏
银川
兰山
辽宁
沈阳
丹东

西
宁
友谊关

1

目录

Contents

序言

Preface

在中国的边缘旅行

香港《经济导报》副总编辑　邹　蓝

老友文军的旅行笔记杀青，嘱我写个序。他各段旅行笔记，实际上我都已经断续读到了，有些登在了我的搜狐博客和“新山海经”微信公众号上，在一些旅游杂志、《中国交通报》、《香港商报》网站以及中国徒步网、国际古道网、搜狐网旅游频道、“大话哈尔滨”网、铁路网等网站上也不时能见到他图文并茂的精彩游记。他写成初稿，电子邮件就发了过来。他去的那些地方中，有几个我一时还没有去过，颇为向往。跟着他的文字，借他的视野算先体验了一把。

这些文字所记叙的，是他走在中国版图边缘的几个地区，比方说，黑龙江、新疆、云南、青藏高原等，既是中国版图的边缘，实际上也是汉族文明与诸多少数民族文明的交错地带。

旅行，只要不出国，现在早已成了可以说走就走的事情。三十年前，由于国人月收入普遍只有三五十元人民币，穷家富路的财力限制、缺粮票难吃饭的麻烦、公共交通的不便都抑制了人们游山玩水的愿望。

而古人游山玩水的传统，早已有之。因为人类有别于其他动物的最大之处，就是有好奇心去探索新的地方。张骞等为外交西去的、韩愈遭贬南下等等不说，唐代诗人的壮游，动辄从中原到齐鲁大地，安史之乱时又从中原转向西蜀，进而沿长江东去，到今江苏一带游历，还有走浙东的，至今留有唐诗之路。而杜甫从四川东下后则溯洞庭湘江而上到湘中湘南。后有明代徐霞客为地理科学考察，走了浙东和中南西南的崇山峻岭。

如果说，中原和沿海地区是改革开放之后国人开始出门旅行时热门的地方，那么随着城市化和工业化的进展，中原和沿海地区留下的好山好水逐渐少了；而随着交通的方便和收入的增加，原本很少有人去的西部崇山峻岭中的一些景区，游客逐渐增多。而黄金周制度的确立，更给有钱但是缺时间的人提供了机会。

记得 1986 年 12 月，我到云南昆明开会，会后到大理调研。按抗战时滇缅公路走向改造的公路，单程从昆明到大理下关足足走了十个小时。那时的苍山洱海几乎没有游客。1994 年我初次去丽江，当地还没有出租车，只有侧三轮摩托充当出租拉游客到玉龙雪山去游览。而现在，看看大理丽江，简直就是字面意义上的“people mountain，people sea”，人山人海。因为先是高等级公路开通，随后高速公路开通，然后广通到大理的铁路开通，再后来大理和丽江都建设了机场。原本从昆明出发，需要十个小时煎熬才能到大理，十四个小时才能到丽江的游客，只要一半时间，就能从北京、哈尔滨或者乌鲁木齐直接飞到大理或丽江。游客怎么会不暴增？现如今高铁都从广州直接穿越贵州交通比较麻烦的黔东南而到达贵阳。看来，黔东南苗族侗族山乡的风情，行将有一个巨大的变化。十多年前我曾推荐过的西宁、大通、门源、祁连山关隘扁都口、民乐、张掖这条穿越祁连山的徒步线路，现在有兰新高铁穿越其中，估计也要成为游客热衷的地方了。

连省会级城市最后通铁路的西藏拉萨，在黄金旅游季节都几乎要人满为患了。1994 年 8 月底 9 月初，我从西宁到拉萨这段 2000 公里的路程，靠公路上的大巴，走了近四十个小时。如果现在机场依然运输能力有限，而青藏公路在五道梁一带依然还是搓板路，能有多少人抗得住这四十个小时坐在大巴上进西藏？我那时一个人在拉萨转悠，根本没有看到几个内地来的游客。

说到这里，不妨再说几件亲历的事情。1992 年夏季，我参加中信调研小组，去中信的挂钩扶贫对象云南红河州走了一圈，现在的旅游热点建水和元阳两个县都走到了。那时，这两个县几乎没有游客，现在，至少元阳是游客云集的地方。

再者，1988 年夏天我到喀什和塔什库尔干调研，那时这两地都是名声在外，但是因为交通不便，游客很少。现在呢，随着南疆的发展和开放，喀什和塔什库尔干成了旅游团和背包客热衷的地方。

湘西的凤凰，位于湖南省和贵州省的边界上，用现在的术语说，就是在中部与西部的那条地理分割线上。半个世纪前交通不便，沈从文将之称为边城。也就是说，那时中部与西部的交界地带，可以称得上是边缘了。实际上呢，看中国地图就可以知道，川甘陕交界地带作为中国地图的中心，凤凰在其东南方位近千公里外，算是偏东南的地方。

王安石王荆公对此早有判断。他在《游褒禅山记》一文中说过："夫夷以近，则游者众；险以远，则至者少。而世之奇伟、瑰怪，非常之观，常在于险远，而人之所罕至焉"。他的意思是，近处而且路途安全的风景，逛的人多；路途危险而且远的风光，去看的人就少。但是人世间壮观、绮丽、奇异的风光，常在路途遥远而艰险的地方，因此那里人迹罕至。

作者本来就生活在中国的边缘地区黑龙江，进京后开阔了眼界，也知道好山好水现在多存在于汉族地区与少数民族地区的交界地带，以及少数民族地区。而这类交界地带和少数民族地区，也就是边缘地带。同样，也就是王荆公所说的那种险远处的奇伟、瑰怪、非常之观的所在。因此，作者也喜欢往边缘地方走。估计他图的也是，在商业化大潮席卷之前，先把那些地方的真山真水原貌看一看。大家明白，桂林、大理、丽江曾经是多么清纯，现在已经红尘万丈。从没去过的人或许还想要去看看，但是对于作者或我这样见过其早期清水原貌的人来说，去不如不去，因为一去，以前记忆中的美好，就算被现在的嘈杂如同农贸市场那样的场景涂改覆盖了。

说到这里，就该说说本书作者在边缘地带的旅行了。

顺时针方向看，作者的这些旅行线路，涉及广西、云南、四川、西藏、新疆、青海、甘肃、宁夏、内蒙古和黑龙江、吉林、辽宁等省区。中国陆地边界，全部都在这些边境省区。四川、青海和宁夏没有国境线；甘肃看似没有，但实际上在河西走廊西端的马鬃山，也就是酒泉的西北方向，有一段与蒙古国的边境线。

因此这些旅行，真正就是在中国边缘的旅行。

近三十年来，因为研究中国西部贫困地区发展，以及个人旅行的偏好，我也常走在中国的边缘。但是，广西陆地边境地带、川藏公路地带、甘南川北线、黑龙江和吉林东部，我都没有走过。因此，我的两本旅行笔记《西部孤旅》（海外繁体字本）和《喀什噶尔的风》，都没能像作者覆盖的那么广。我读来都觉得很长见识，也很开眼界。

虽然说，好多人梦想着去中国的边缘旅行，但是很多地方，去一趟都是舟车劳顿，人困马乏的。

如果加上食宿条件艰苦，有些地方甚至其海拔就足以让心血管系统有隐患的人却步。

我听说过到昆明就有反应的人，那不过2000米左右。还有到西宁就难受的，那差不多是2300米。作为青海省东部和西部分界线、农区与牧区分界线、外流区与内流区的分界线日月山，海拔则在3500米左右。西宁不产生高山反应的，到日月山未必不会不反应。因而，想去中国边缘的人多，真正能去的人少。还是合了王安石的那句话：“而世之奇伟、瑰怪，非常之观，常在于险远，而人之所罕至焉”。

现成的有这么一本记录在中国边缘旅行的笔记，坐在沙发里手拿这本书，用心跟着作者走一圈，也很值得。

特别补充一句，作者在边缘地带的摄影作品，也相当棒。图文配合，相得益彰。

2015年3月3日

于无锡蠡桥

1

千年友谊关

一份战报

时间回到 1979 年。

春节刚过，正是北方冰天雪地、寒风刺骨的季节。这时，却有一条热门新闻通过广播喇叭传进了我所在的大学校园：中国和越南在边境线上交火了。那时刚刚恢复高考，人们都在寻找新的兴奋点，在一腔爱国热情驱使下，学子们每天在背英语单词的同时，又多了一个关注点：前线新闻。

战事最紧张时，大家每天都要去大礼堂听校方宣读战报。一天，一位校方负责人手持一份战报，快步登上讲台，声音中带着激动：我军在东线战场取得大捷，拿下越北重镇谅山。静寂的大礼堂如暴风骤雨突然降临，掌声、欢呼声经久不息，有人从座位上跳了起来。

越南谅山距友谊关 15 公里，距河内 130 公里。谅山以北，也就是中越边境一带，是层峦起伏、丛林密布的山地，从那些带有“山”“坡”“岭”的众多地名中就可以看出这一带地形的特点。《远方的家—边疆行》节目组曾在中越边境做过系列采访，其中有一集名字就叫“那山那坡”。我在广西崇左的中越边境处看到，归春河水从山岭间一处 60 米高的断崖上跌宕而下，一波三折，形成著名的德天瀑布，其壮观程度远在黄果树瀑布之上。

相比之下，谅山以南，也就是越南腹地，是稻田纵横、水网密布的平原。2008 年夏天我到过越南，从南方的西贡到北方的河内和海防，做了一次纵贯之旅，对越南的这个地形特点印象深刻。

对越南来说，失去谅山就等于失去了一个天然的屏障，对中国军队来说，拿下谅山就等于掌握了战场上的主动权。随时可以挥师南下，能不兴奋吗？

然而，与我们这些学子们的狂热想法相反，我军在取得谅山战役胜利后，又撤回到了友谊关内。其后十年，中越两国军队在中越边境的轮战一直持续不断。1983年，部队作家李存葆根据前线采访写下了《高山下的花环》，从一个边防连队的角度，把中越边境自卫还击作战全景式地呈现在了人们面前，一时间引起轰动。很快，小说被拍成了电影，在更大的范围内传播开来。其后，又有《血染的风采》一曲唱红了春晚，响彻大江南北。可以说，那个年代，全国人民的神经都被发生在南疆的战事所牵动。

岁月流淌，带走的是尘嚣，留下的是记忆。带着这个历史情结，2011年6月的一天，我由南宁出发，沿南友高速前往友谊关，寻访当年的战场。

南国的夏天绿意盎然，草木葱茏，满树繁花，刚刚下过一场小雨，空气清新湿润，道路平坦顺畅，180公里的路程驱车一个多小时就到了。

背后的故事

友谊关始建于2000多年前的西汉，是中国历史上9个著名关口之一，另外8个关口分别是山海关、潼关、嘉峪关、居庸关、雁门关、紫荆关、娘子关和武胜关，这些关口均位于边地隘口，地势险要，易守难攻。

今天，这些关口大多失去了本来的作用，仅具有象

征意义，有些甚至已经破败不堪，难觅其踪，但友谊关还完好无损地矗立在中越边境上，继续发挥边关的作用。从地图上看，友谊关位于中国公鸡形版图的肚皮位置，在历史上，它一直发挥着镇守南国边陲的作用，因而又有“南疆第一关”之称。

令人啼笑皆非的是，这个关口自打设立后一直处于更名过程中：雍鸡关 — 界首关 — 大南关 — 镇南关 — 睦南关 — 友谊关，友谊关这个名字是 1965 年才有的。

从这些名称的变化中不难看出关口的作用：一是防御；二是和睦。何时防御何时和睦，依两国关系而定，有如两家院子之间的一道栅栏，中有一门，两家关系不好时大门紧锁，关系好时则门洞大开。两家可以互通有无，自由来往，说不定还会结下一段美好姻缘。

清光绪十一年（1885 年）初，法军攻占谅山，冯子材临危受命，帮办广西军务，筑墙挖壕，准备应战。3 月，法军 2000 余人分三路猛扑镇南关，年届 70 的老将冯子材在出征前，命人抬上一口棺材，上书“不归尼格里，便属冯子材。”尼格里，便是他的对手，法军的统帅。战场上，冯子材身先士卒，持刀大呼，清军士气大振，与法军白刃相搏，大获全胜。但其后，在英国人的调停下，李鸿章和法国公使巴德诺签订了《中法天津条约》，确认了此前法越之间签订的《第二次顺化条约》，否定了中国对越南的宗主权，从此越南成为法国属地。

无独有偶，孙中山领导的第六次反清起义也发生在镇南关。1907 年 12 月 1 日，孙中山派革命军将领突袭镇南关，清兵不敌，革命军成功占领镇南、镇中、镇北三个炮台。孙中山闻讯大喜，与黄兴、胡汉民等人立即从河内赶往镇南关，亲临指挥。清廷闻讯，不甘失败，下令反攻，革命军不敌，退入越南燕子山。与此同时，清政府又向法属越南政府施压，扣留在河内筹备的弹药粮草，这场发生在农历丁未年的镇南关起义遂以失败告终。

1960 年后，中国的援越抗美物资从友谊关源源不断输送到越南北方，再通过“胡志明小道”运往南方。1979 年初，中越在边境线上爆发武装冲突，同志加兄弟不再靠谱，友谊关不再友谊。具有讽刺意味的是，前线战士们发现，缴获的越南弹药箱上多印有“中国”，粮食包上多印有“中粮”字样。无疑，这些物资都是此前中越友好时期中国援助的。10 年之后，战场上的地雷被一个个排除，友谊关又摇身一变成为中越通商交往的一个重要口岸。

时光流转，岁月沧桑，一座关楼见证了中越友好，也见证了中越交恶。不知道还有哪座关口承载过如此厚重的历史，见证过如此众多的事件，经历过如此多的反复。国家和国家之间的关系往往说不清道不明，尤其是邻国。也许可以这样说：利益是永恒的，其他都是暂时的。边界是否和睦，不是由名字来决定的。

如今，历经沧桑的友谊关早已远离了战争硝烟，安宁祥和，成为广西境内一处重要的旅游景点和边贸互市点。

友谊关关楼，绿荫环绕

边关风情

走进关楼附近的一个边贸点，红木家具和雕刻工艺品铺天盖地，花样翻新。一位看摊的女老板说，她们从越南那边进口红木半成品，价格便宜，经过加工雕刻，价格就要翻上好几番。前些年，来自福建和广东的老板看准机会，到这里从事红木加工生意，发了大财。

一个宽敞的房间里，一老一少两位工匠正在细心雕刻一件大型茶几，看样子快要完工了。看着这件精美的工艺品，我忍不住问："做完后能卖多少钱？"老板的回答让人咋舌："怎么也得上百万吧！"

在关楼附近徘徊，不时能碰到旅行社在招揽边境旅游业务，游客只要凭护照就可以到越南北部如河内、下龙湾游览数日。如果没有护照，也可以凭身份证办理临时通行证。

边界零公里界碑有护栏围着，不能接近。就在这时，一位头戴斗笠的边民探头探脑地凑了过来，悄声问："想不想过去看看，我可以带你们绕过去，每人 50 块钱。"一副"蛇头"带人偷渡的模样。可以肯定她的行为是不合法的，至少是"打擦边球"的，或者就是在忽悠我们，根本就接近不了界碑。朝对面望了望，感觉那边很是萧条，没什么可看的，于是设法摆脱了她的纠缠。

几位头戴圆形绿帽子的男子在路边做生意，不用说，这是越南边民。摊位上摆放着三合一咖啡、塑料拖鞋，都是越南的特产，质量上乘，价格便宜，很受游人欢迎。角落处，有边民在私下里换外汇，在这里，你会感到人民币含金量还是蛮高的，1元人民币能换3000多越南盾，拿100元人民币就能换来花花绿绿一大堆越南盾，让你脚未踏出国门先“发大财”。

朋友小朱告诉我，近些年中国的小伙子喜欢到越南那边儿找对象。越南姑娘身材好，脸蛋漂亮，能吃苦，女方家庭又不要好多彩礼，三五万元就能搞定，有些村里甚至出现了“团购”，合伙找对象。对越南女孩来说，能嫁到中国来是件美事，因为这边儿生活条件要比那边儿好许多，文化生活也丰富许多。

一排高大的椰子树下，矗立着一座两层的小洋楼，这是清政府于1896年设在凭祥的“镇南关对汛分署”，由法国人设计，简称“法式楼”。“对汛署”在当年的职责是处理边境事务和维持边境治安，这个名词今天已经不用了，其职能分别由海关、边检和边防来承担。

即使在今天看来，这座废弃不用的法式建筑依然十分精美，黄墙红顶，拱形门窗，回廊环绕，楼边镶嵌花体图案，犹如绿树掩映下的一栋别墅。由于终年高温多雨，墙面斑斑驳驳，墙角青苔衍生。我没有去过法国，对法式建筑不是很了解，但在当年的南越首都西贡，对遍布街道两旁的一座座法式风格小楼很是欣赏。

那次去越南，留下深刻印象的还有河粉。在西贡，有一天，导游在车上说："今晚不管饭，你们可以去逛逛街，吃吃河粉，旅馆附近就有一家小店，很不错的。"

法式楼，昔日的"对汛分署"

夜幕降临，街灯初上，那家 24 小时营业的河粉店就在街角处，静候客人的到来。走进小店，藕荷色的灯光下，几位中国游客正围着一张小桌品尝河粉。小店窗明几净，木桌木凳，有点像老式的咖啡馆。身材瘦小的服务员小姐见有人进来，热情相迎，虽然听不懂她说的是什么，但凭手势能知道她是在向我们介绍店里的河粉。

我对导游的话向来半信半疑，总怀疑这里面有利己动机，但那天晚上，在那束幽暗灯光下吃的那碗鸡丝河粉，至今难忘：滑滑的，酸酸的，一种以前从未尝过的味道。回到北京后，听说三里屯有一家越南风味餐馆，特地赶了过去，想回味一下在那家小店的感觉，但令人大失所望的是，这家餐馆的河粉与期待相去甚远，清汤寡水，食之无味。

在友谊关，我把这个故事讲给了朋友小朱，他听后马上很有信心地说："放心，你的这个遗憾今天肯定能够弥补回来，我带你去一家越南餐馆，那儿的厨师在越南学过手艺，饭菜做得很地道。"

驱车 20 分钟，来到凭祥市内，走进一家名为"雅庄"的越南风味餐馆，要上一碗鸡丝河粉。刚一入口，就觉得味道正宗，是那么回事，三年前在西贡那家小店的感觉在这里找回来了。

金沙江，石鼓镇

悠悠古巷

有个成语，叫“分道扬镳”，形容一个团队中有人由于志向不同而走自己的路，我觉得，拿这个说法来形容金沙江也很恰当。

金沙江与澜沧江、怒江均发源于青藏高原，它们像三个亲兄弟，手挽手，肩并肩，沿横断山脉一路向南奔流，在滇西北形成“三江并流”的壮观景象。然而，金沙江走到这儿就不肯与另外两个兄弟玩儿了，它把头一扭，来了个近乎一百八十度的大转弯，朝东北方向扬长而去。转弯处形成的 V 字形，被称作“万里长江第一湾”。

V 字形尖角的下边，有一个小镇，名叫石鼓，属丽江市玉龙纳西族自治县，距离丽江古城不到 60 公里。从地图上看，石鼓镇就如同长江第一湾滴下的一颗泪珠，引人遐想。

石鼓镇因一块鼓状石碑而得名。寻寻觅觅中，我们终于在镇子西头的山脚下找到了这块汉白玉材质的石碑。相传，这块石碑最初为三国时期诸葛亮南征时所立，为无字碑。明代中期，丽江木高土司大破吐蕃军队，乃记功于石碑之上，石碑从此有了文字。当年，美国地理学家洛克到滇西北考察，看到这块鼓状石碑，欣羡不已，以至多年后仍念念不忘。

石碑相貌古朴，敦厚笃实，直径约一米半，厚度约半米，虽经千年岁月销蚀，上面的文字仍依稀可见。明知它不会发出鼓声，我还是用手敲

了敲，没有丝毫反应。能够历经风雨，在金沙江畔蹲立1700余年，毫发无损，可谓定力十足。

由于靠近藏族聚居区，石鼓镇历来为藏汉居民茶马互市场所，商贾往来频繁。小镇每三天赶一次集，藏族人出售的是草药和皮毛，汉族人出售的是布帛、盐巴和茶叶，村民中至今还有人沿袭着古老的以物易物的交易方式。

石鼓镇自古为滇藏要冲，兵家必争之地。诸葛亮“五月渡泸，深入不毛”，由此过江；忽必烈“元跨革囊”，平定大理，由此南下；1936年，贺龙、任弼时、关向应率红二方面军由此渡江北上。镇上建有红军渡江纪念碑、《金沙水暖》雕像和长征过丽江纪念馆，这里由此也成了一个红色教育基地。

我三年前在丽江大研古镇小住，在一个窄窄的巷子里寻访到了红二方面军渡江指挥部旧址。这家已改建为“天雨上院”客栈的小院虽然离四方街只有咫尺之遥，但闹中取静，鲜有人至，多数人关心的是客栈的舒适度，很少有人追寻这里曾经发生过的历史事件，哪怕这件事曾经惊天动地。

石鼓小镇依山而建，除了在公路两旁有些新建的水泥房子外，基本保留了纳西族老式民居白墙灰瓦的原貌，有些墙面没有抹灰，露出厚重的土坯。那些经过烟尘熏染的老旧木质门窗向人们昭示，这是一个历经沧桑的古镇。

小巷蜿蜒曲折，踏磨光亮的石阶把建在山坡上的房舍串联在一起，曲径通幽。在一条幽深古巷里，坐落着一座规模在今天看来也不算小的戏台，虽已废弃不用，堆满杂物，但从残留的大理石基座、飞檐斗拱设计和木雕彩绘图案中，不难想象当年古镇居民休闲娱乐的热闹场景。

与人声鼎沸的丽江古城相比，石鼓小镇远离尘嚣，清新宁静，古朴依旧。沿着光滑的石板路在巷子里悠闲漫步，看小镇上的居民慢悠悠的劳作——担水、洗菜、编竹、织布、榨油，感觉像是到了江南的某个古镇。如果不说，谁能想到这是在海拔2000米的云贵高原上呢？

长江第一湾

听镇上的人说，要想看到长江第一湾的全景，必须到江对岸的山坡上。我们在山下徘徊了好一阵子，试图能找到一条上山路，结果发现是徒劳的。徘徊中，发现不远处有个客栈，门口的招牌上写着：“摄影之家，长江第一湾最佳摄影点”，下面一个粗大的箭头指向客栈后面的山坡。

走进客栈，一边与老板搭讪，一边欣赏墙上的摄影作品，即刻上山的心理愈发强烈。可接下来，客栈老板笑了笑：“不好意思，上山要先交 10 块钱，我们在山坡上修了栈道。”

莫不是“此山是我开，此树是我栽，要想从此过，留下买路钱”？可又一想，毕竟他们付出了劳动，为观景拍照提供了便利，如果换成官办，开发为旅游景点，这买路钱就不是十块二十块钱的事了，恐怕至少得翻一番。眼下看景要紧，不如先交了钱，抓紧时间上山吧。

山不算高，但山路陡峭不平，不费点力气还真不行。凭着多年户外运动的底子，沿着用树枝和碎石筑成的台阶小路，脚蹬手拽，20 分钟后终于爬到了山顶平台。

歇口气，转过身，眼前的景色让我们惊呆了：自西北方向流过来的金沙江水犹如一条绸带，飘逸而来，绕着山体兜了一个大圈，划出一道优美的曲线，向东北方向飘逝而去，留下一片宽阔的冲积河谷。

没有喧嚣，没有咆哮，没有狂野，金沙江如同一幅油画，在蓝天白云下静静地铺展，舒缓地铺展，尽情地铺展。

与地图上看到的 V 字形不同，眼前的长江第一湾是一个 U 字形，这就是看地图和看实景的差别。由于还在枯水期，江面露出片片沙洲，形成沙水相依的景观，而江两岸则绿柳成荫，与堤坝相伴。

俯瞰长江第一湾

望着眼前宽宽的冲积河谷和缓缓流淌的江水，突然醒悟，为什么诸葛亮、忽必烈和红军都要选择由此过江。2005 年我因公到过金安桥水电站工地，2012 年去梅里雪山途中到过虎跳峡和金沙江大拐弯，看到的金沙江都是江水激流奔涌，两岸壁立万仞，河谷深切。原以为金沙江就是这个样子，这次在石鼓镇的亲眼所见，完全颠覆了先前的印象。

金沙江流到石鼓镇，似乎有些累了，它要在这里歇歇脚，喘口气，积蓄力量，然后掉转头来，一泻千里，完成它注入东海的使命。金沙江在这里展示了它温柔的一面，温柔得直想让你亲近。我的朋友邹蓝 20 年前来这里考察，禁不住诱惑，套上游泳裤，迫不及待跳入水中，着实与江水亲近了一把，他过后对我说，当时的感觉就是冰冷刺骨，难以忍受。毕竟，金沙江源自雪域高原，一路汇集了冰川融水，看似温柔的背后，必有它冰冷的一面。

站在山顶，移目远眺，景色更加丰富。坝子上，阡陌纵横；山坡上，梯田层层。已进入四月，小麦即将收割，由于栽种时间不同，麦田呈现出不同的色彩，有的金黄，有的青绿，偶有几处白墙灰瓦的纳西民居点缀其间，给大地带来了一幅织锦般的景色。

太阳透过云脚，射出束束光线，投在江面、农田和瓦舍上。随着云朵的移动，大地上的光线忽明忽暗，忽远忽近，似乎是在让人体验大自然的变化万千。

如果说，长江第一湾是上天的赐予，那么，古镇和农田则是人为的杰作。三者叠加在一起，形成一幅自然与人文和谐的图案，还有哪里能寻到这样的景致呢？

雨后，那一道彩虹

山顶平台上有一对老年夫妇，先我们一步上来，看装扮，老年男子显然是摄影行家，一身行头，三脚架、长镜头一应俱全。“以前听说过这个地方，但没想到这么漂亮。”老妇人操着一口江浙口音，兴奋地说。

远在天边，近在眼前。老妇人的话引起了我的共鸣。算起来，这是我第 8 次来彩云之南，丽江是第 3 次，要不是这次功课做得仔细，险些又与一处大西南壮美的景观失之交臂。人常说“学无止境”，看来还要加上一个“行无止境”。

说话间，云层堆积越来越厚，天色转阴，风一阵紧似一阵，远处传来几声闷雷，顷刻间，雨点噼里啪啦滴落下来。雨伞一次次被吹折了页，人也开始摇晃起来。虽然身着冲锋衣裤，但还是打起了冷战。老年夫妇忍受不住，开始往山下撤。

还没看够就下山？实在不甘心，于是拉紧衣领，戴上套头帽，继续坚持，等待雨过天晴。

天公作美，没一会儿工夫，风停雨住，天气放亮。就在这时，神奇的一幕出现了——江面上出现了一道美丽的彩虹，七彩缤纷，鲜艳绚丽。太漂亮了！这是真的吗？不是在做梦吧？简直不敢相信自己的眼睛了！

彩虹从江面一侧升起，在另一侧落下，恰似一座拱桥，横跨在金沙江上，给本来就赏心悦目的景观又增添了一道靓丽的风景。这就是大自然的杰作，你想象不到的杰作。一个难得的奇遇，一个意外的惊喜。我们的坚持和忍耐没有白费。

"不经历风雨，怎能见彩虹"，以前只是凭歌曲来想象，这回是真真切切体验到了。我虽然多年从事户外活动，但见到彩虹的机缘并不是很多，记得上一次还是在西藏的江孜，雨后初晴的山脚下，看江上彩虹这还是第一次。这是我有生以来见过的最漂亮的彩虹，说它漂亮，是因为有流淌在高山峻岭中的金沙江做背景，而且是V字形大拐弯处的金沙江。

我为先前下山的那对老年夫妇感到遗憾。

就这样，站在山顶，呼吸着清新的空气，嗅闻着草木的清香，感受着风雨来去，目睹着云聚云散，看着那道美丽的彩虹生成、折射、淡去、消失……

下得山来，天色向晚。"你们是贵人噢，很少有人能第一次来就见到彩虹的。怎么样，10块钱没白花吧？"客栈老板一见我们，大拇指一伸。"托您的福。"我们的回答也让老板高兴了好一阵子。

该打尖了，走进路边一家店铺，尝尝纳西风味小吃——鸡豆凉粉。这家店铺是早上带我们来的司机一家开的，司机外出拉活未回，老板娘带两个帮手在料理店面，见有人来，一脸笑容，憨厚有加。

户外人通常对吃住都不讲究，但地方特色一定要体验，特别是地方美食，不光是为了一饱口福，也是为了了解当地饮食文化，接地气。云南是少数民族最集中的省份，特色饮食自然也最丰富，各种小吃数不胜数。当然，到地摊上吃东西也要小心，价钱是小事，环境卫生可是大事，如果吃坏了肚子，自己难受，影响行程，还会给别人添麻烦，自己频繁“方便”造成别人频繁不方便。

鸡豆凉粉是纳西人的发明，乾隆年间的《丽江府志》称其为“黑豆腐”，其做法是：将鸡豌豆泡透、磨细、过滤成浆，然后煮熟，成灰白色，再置入容器中冷却成形，切成条块状，配以佐料食用。

鸡豆凉粉有凉热之分，凉的多在暑热季节吃，热的多在寒凉季节吃。为了全面体验一下，问老板娘要了一碗凉的，一碗热的。凉的粉片中加有红辣椒、绿韭、花椒、芥末、酸醋，吃起来凉爽可口。热的凉粉多了一道程序，要将粉块在平底锅上煎黄，再加上麻、辣、酸等佐料，吃起来细腻爽滑，柔韧适口，回味无穷。

美丽的石鼓镇，留下太多惊喜和记忆的石鼓镇，什么时候能够再回你身边，走走古巷那光溜溜的石板路，看看金沙江上的彩虹，吃一碗鸡豆凉粉……

滇西往事

有一个美丽的地方

有一个美丽的地方哎罗，傣族人民在这里生长哎罗，密密的寨子紧紧相连，那弯弯的江水呀绿波荡漾，一只孔雀飞到了龙树上……

在黑鸭子轻盈润泽的歌声中，我们来到了中缅边界小城瑞丽。

时值春节，北方数九寒天，万物萧索，而千里之外的西南边陲却温暖如春，绿意盎然，一派生机勃勃的景象，怎么都和冬天联系不起来，让人体会到了什么是亚热带气候。下飞机后的第一件事就是脱下冲锋衣，把里面的抓绒内胆掏出来，塞进拉杆箱，只披一件单薄的外套。

我对瑞丽一直很神往，起因是，小时候，家住北京的一个堂姐去云南“插队”，一次，接到这个姐姐的来信，说她们的“知青点”在瑞丽江畔，与缅甸隔江相望，那里冬无严寒，夏无酷暑，有孔雀、雨林、凤尾竹，还有淳朴的傣族同胞……。一头是东北边陲，一头是西南边陲，一封家书就这样把我幼时的心思牵到了遥远的瑞丽。身未动，心已远，打那以后，每看地图，就要在西南边角瞄上几眼，心里想着什么时候也去那里领略一番“异国风情”。

在傣语里，瑞丽的意思是“雾茫茫的地方”。这里地处河谷坝区，有莫里热带雨林滋润，发源于高黎贡山的瑞丽江在高山密林中穿过，沿途雨水充沛，竹木繁茂。在一座傣族村寨逗留期间，我们自始至终都被白茫茫的雾气笼罩着。

这座傣族村寨位于中缅边界，瑞丽江畔，寨中有一个 71 号界碑。界碑以北为中国领土，称银井，界碑以南为缅甸领土，称芒秀。国境线以竹棚、村道、水沟、土埂为界，由此出现了一个有趣现象：中国的瓜藤爬到缅甸的竹篱上去结瓜，缅甸的母鸡跑到中国居民家里生蛋。两国边民共饮一井水，同赶一场集，甚至可以一个秋千荡两国。

一口水井，两国共用

寨子里有个小学，学生有一半来自缅甸。这些“小留学生”每天背着书包往返于两国之间，过境时只要出示边防证就可以畅通无阻。两个国家的小学生每天在一起学习玩耍，天长日久，结下感情，由此催生了一对对成年后的跨国婚姻。

至于两国边民过境走亲访友，销售土特产，购物、看病更是司空见惯，就购物、看病来说，缅方到中方来得更多一些，原因不用说，这边的条件比那边好。

为什么会出现这种“一寨两国”现象呢？原来，1960年划定中缅边界时，为表示“一衣带水、胞波情深”，在周恩来总理的建议下，两国达成协议，做出这种安排。中国陆路边境线上的主要节点我基本上都到过，也多次看过《远方的家—边疆行》节目，这种现象在边境线上独此一家。

在傣族村寨，女性的地位高于男性。傣族青年男女结婚，一般从妻居住，即男方到女方家上门，婚礼在女方家举行。在傣族村寨里，女人外出干活，男人操持家务，与汉人的女主内、男主外截然相反。这不，刚走进寨子，眼前的景象就让我们吃了一惊：一个傣族女子挑着担子匆匆而过，而一个傣族男子却背着孩子在悠闲漫步，十足的“阴盛阳衰”。

傣族人多住在一种“干栏”式的竹楼里，竹楼以树干为桩，四周楼板用凤尾竹搭成，房顶覆盖茅草或瓦块。竹楼一般为上下两层，上层住人，下层用作厨房、饲养家畜、堆放杂物。这种居室建筑的特点是干燥凉爽，适应炎热、潮湿和多雨的气候。信步走进村寨，几只羽毛艳丽的孔雀在场地上啄食踱步，一位身着绣花筒裙的傣族女子指着一幢凤尾竹掩映下的竹楼说，这就是她的家，欢迎我们去做客。踩着咯吱咯吱作响的竹梯来到楼上，发现屋内物件家什简陋，但空间很大，通风采光，向外望去视野很好，有一种高高在上的感觉，只是不知道风大时会不会摇晃。

从傣族村寨出来，走进路旁的一家小吃店，尝尝傣家的“撒撇”。“撒撇”是傣族人为应付湿热的气候而发明的一种风味小吃，也可以说是一种特殊的“过桥米线”，其做法是，将黄牛肉剁成肉酱，在开水里汆熟，把牛苦肠的汁兑水煮开，配上韭菜、茴香、盐、辣椒面等调料，用米线搅拌食之。这种小吃味道虽苦，但却有健脾开胃、清热解毒的功效。

这让我想起广东的凉茶。有一年夏天我去东莞出差，正值暑热时节，几天下来腰部起了斑斑点点的湿疹，痒得不行，皮肤都要挠破了。一位当地同事听说后，建议我喝喝凉茶。抱着半信半疑的态度，连续喝了几天，结果那些斑斑点点竟奇迹般地消失了。俗话说，一方水土养一方人，一个地方有一个地方的生存之道，此话有理。

不过，在看似平静祥和的边境线上，也有躁动不安的一面。在云南边境的一些路口，经常可以遇到红灯一闪一闪的警车，身着迷彩服的军人在神情严肃地检查来往车辆。当地村民说，夜里一听到枪声，就知道是有人在干不要命的毒品走私勾当。乡村街道的围墙上，经常可以看到“珍爱生命，远离毒品”的警示，村干部一旦发现瘾君子，就把他们拖到戒毒所，强制戒毒。

我在川西旅行时遇到过一位藏族司机，他以前在云南章凤口岸当过武警，他告诉我，当地很多村民都染上了毒瘾，他们的一项重要任务就是毒品缉私。几年前，有报道说，一些内地不法分子利用缅方管理松懈，过境办起了赌场，引诱内地青少年过去吸毒，从中牟取暴利，甚至发生过绑架人质，打电话向家人索要毒资现象。

畹町桥，滇缅路

2007 年，日本《朝日新闻》发表系列报道，反思 70 年前发生在中日之间的那场战争，文中提出：为什么中国能够坚持 8 年之久，并最终获胜？答案出人意料：因为有了畹町桥。

千万不要以为这座桥有多么宏大，出现在我们面前的畹町桥即使是在重建后的今天看起来仍十分寒酸。论宽度，车辆勉强能够双向对开；论长度，不过十几米的样子。看到这儿，不由想起兴凯湖畔密山口岸的白棱河桥，那座桥的长度只有 6 米，据说是世界上最短的界河桥，现已废弃不用，静卧在中俄两国的边界上。不知畹町桥是不是可以倒排世界第二？

但就是这样一座小桥，在“二战期间”却承担了难以想象的重任。

抗战爆发后，日军封锁了东南沿海港口，中国与外界联系的通道被切断，为将国际援助物资运往国内，蒋介石在云南王龙云的建议下，决定修建一条由大后方的云南通往缅甸的公路，即滇缅公路。

滇缅公路由昆明出发，经瑞丽畹町出境到缅甸北部的腊戍，与缅甸的中央铁路连接，直达位于伊洛瓦底江三角洲的仰光港，连通印度洋。1940 年，法国屈从于日本的压力，禁止从越南海防港运输援华物资，由昆明到海防的滇越铁路线被封锁，此后，滇缅公路成了中国与外界联系的唯一运输通道，发挥着生命补给线的作用。

不难想象畹町桥在当年的战略地位。当年，位于西南边陲的畹町小镇是中、美、英三国盟军的驻扎地和物资集散地，每天都有上百辆插着花花绿绿国旗的军车从畹町桥上驶过，援华物资从这里源源不断地运往内地。几十万中国远征军也是从畹町桥上浩浩荡荡通过，进入缅北与日军作战的。

修建这样一条公路在当年极为困难，况且时间又异常紧迫。西南地区地形复杂，从昆明到畹町 900 多公里的路途中，需要穿越的河流有螳螂川、绿汁江、龙川江、漾濞江、澜沧江和怒江，穿越的山脉有点苍山、怒山和高黎贡山。据说，龙陵县长在接到云南省政府紧急命令时，还收到一副手铐，令其必须限期完成工程土石方采运，否则自戴手铐来昆明听候处置。万般无奈之下，这位县长大人如法炮制，来到潞江，对当地土司兼区长说："我是流官，你是土官，工程要是不能按时完成，我就拉着你一起跳怒江！"

很快，一支由20多万民工组成的筑路队伍开赴施工现场，风餐露宿、肩扛背驮、人拉马运，开始了艰难的施工作业。修路需要技术工人，怎么办？爱国侨领陈嘉庚在南洋振臂一呼，华侨积极响应，由3000多名司机和修理工组成的"南侨机工归国服务团"奔赴滇西。畹町桥头有一座巨大的石碾，仔细辨认，上面刻着："万众筑血路，技工谱丹心，远征壮歌行，铸就抗日功。"

滇缅公路于1938年8月竣工，前后历时只有9个月。据说，美国人在给罗斯福总统的信中，称这条公路为"人类继凿通巴拿马运河后创造的又一奇迹"。

滇缅公路修通后，为适应滇西战役和缅北大反攻的需要，由中缅印战区司令史迪威将军指挥驻印中国远征军和美国工兵团，从1943年到1945年，又修建了自印度北部小镇雷多，经缅北密支那到畹町的中印公路，即后来被蒋介石亲自命名的史迪威公路。由此，畹町这个原本名不见经传的荒僻小镇成了两条国际公路的交汇点。

重建后的畹町拱桥

畹町桥头，一块斑驳的水泥碑上标着“滇缅、中印（史迪威）公路交汇点，959km”字样，让人想起70多年前那战火纷飞的岁月。

其实畹町桥最早是一座木桥，修筑滇缅公路时改为石拱桥，后毁于日军炮火，抗战结束后改为钢架桥，后又在钢架桥旁建了一座钢筋混凝土拱桥。1956年12月，周恩来总理和缅甸吴巴瑞总理从曼德勒乘车来到九谷，从畹町桥上步行入境，到芒市参加两国边民联欢会。我在芒市宾馆院中散步时，看到当年两国总理种下的两棵缅桂花树仍然枝繁叶茂。

刚要离开桥头，忽听身后响起“噼里啪啦”的声音，循声望去，几个年轻人正在“缅泰珠宝店”门前放鞭炮，烟雾升腾，碎屑遍地，这才想起，今天是大年初一。

70年前，畹町桥头听到的是不绝于耳的日军炮火，70年后，畹町桥头响起的是喜庆烟火，一座不起眼的边境小桥见证了世间太多的沧桑。

和顺古镇

2005年，中央电视台评选“中国十大魅力名镇”，令谁都没有想到的是，一个坐落在云贵高原上的边陲小镇竟然获得了六项桂冠：面向南亚的第一镇，火山环抱的休闲胜地，大马帮驮来的翡翠之乡，汉文化与南亚文化、西方文化交融的窗口，六千居民和谐生活的古镇。

这个古镇就是位于云南腾冲的和顺。

说起来，国内的古镇我去过很多，包括江南水乡那几个名声很响的古镇，但还从来没听说过哪个镇子被赋予了这么多称号，借用股市里的一句话，可谓“概念多多”。

和顺能有这么多的概念，是由它的历史文化和地理位置决定的。

据载，明洪武十五年（公元1382年），傅有德、兰玉、沐英率军平定腾越，事平，留兵军屯。一天，以军功受封的寸、刘、李、尹、贾几个大姓人家外出游玩，发现和顺山清水秀，风水绝佳，甚为欢喜，于是决定举家定居，以后又有张、赵、许、杨等大姓人家移居此地。这些大姓人家主要来自四川、江南和中原地区，由此带来了各地不同的风俗和文化。

和顺距缅甸 70 公里，距印度 400 公里，是古代穿越川、滇、缅、印“南方丝绸之路”的必经之地。这一带的村民向来就有去缅甸做玉石生意，“走夷方”的传统，如同广东和福建人热衷下南洋一样。小镇巷子里有一座“弯子楼”，是百年前“永茂和”的所在地。“永茂和”是一家专门从事滇缅贸易的商号，云南最早的跨国公司，其老板在东南亚一带声名显赫，家业历传五代而不衰。

男人们去外面闯天下，求取功名，女人们就在家里伺候老人孩子，做饭扫除，到河边浣纱洗衣。有时，她们也会直直腰板，朝南边儿望上一眼，期盼丈夫能够骑着高头大马，或者坐着轿子，衣锦还乡，突然出现在她们面前。当然，也有一些负心郎，在外面找了女人，不再回来，这时的她们只能哀叹自己的命不好，望着河水发呆，整日以泪洗面。

小镇恬静安宁，古朴依然。在巷子里漫步，意外发现了一个“本家”祠堂，这就是建于清咸丰五年的“刘氏宗祠”。宗祠里存有乾隆时期的“永免钱粮”“保我子孙”古碑，汉高祖刘邦、光武帝刘秀、昭烈帝刘备的三祖遗训碑，还有目前国内最大的“家堂”，即供奉祖先的神龛。在昔日为“蛮夷之地”的西南，也能找到刘姓的祠堂，这是我没想到的，正应了那句老话——张王李赵遍地刘。

与其他古镇不同，和顺在保留传统文化的同时，也深深打上了外来文化的烙印。小镇的建筑多为中西合璧，走上光滑的石板路，路旁有白墙黛瓦的徽派建筑，还有南亚、东南亚乃至欧式风格的洋式建筑。老宅的门窗木雕造型古朴，但屋内的陈设——一把藤椅、一座挂钟、一副刀叉，却可能来自西洋。有些宅院由于全家侨居国外，委托亲友看管，显得冷冷清清。墙角霉斑点点，墙头蛛网密布，枯草晃动，昭示着岁月的沧桑。

老式宅院门前的台阶由当地的火山石砌成，青灰色的石材表面布满了蜂窝状的孔隙，用脚踩一踩，粗糙笃实，当地人说，这种材料遇到雨天既能吸水，又能起到防滑效果，是理想的建筑材料。

岁月悠悠，古巷悠悠。这是一个需要用脚来慢慢丈量，用心来慢慢体会的小镇，那些看似普通的屋舍后面，那一块块青石板下，谁知道会隐藏着多少不为人知的陈年往事呢？和顺，犹如一位深藏闺房的妙龄女子，含而不露，端庄秀丽，清新脱俗。

过去，人们一谈起滇缅边境，就会想到艾芜《南行记》中的乞丐、马帮和山民，想到邓贤《流浪金三角》中的鸦片和毒品贩子。的确，历史上的西南边陲是以荒蛮、贫穷、落后闻名的，但这并不代表它的全部，这里也有人文，也有书香。

走进古镇幽巷，一座花木扶疏、环境优雅的庭院式图书馆映入眼帘。看门口的介绍，它是全国最大的乡村图书馆，全国重点文物保护单位。不说别的，光看图书馆的几幅题词就会吓你一跳，均来自蜚声中外的民国时期文化名流：胡适、李石曾、熊庆来。

我从小养成一种习惯，见到书店就想进去逛逛，见到图书馆就想到里面蹭一会儿书看。原以为这种文人雅兴只是江南古镇的专利，没想到在这个西南边陲小镇，所谓的“蛮夷之地”也有存在，更没想到它会受到这么多文化名人的点赞。

说起这个图书馆，很是有些来历。其前身是创办于 1924 年的“和顺阅书报社”，1928 年在旅缅华侨集资捐书的基础上改建为乡村图书馆，1938 年扩建为中西合璧的新馆舍。抗战期间，腾冲沦陷，乡人将馆藏图书转移。收复腾冲战役中，秀才遇见了兵，馆舍被远征军 20 集团军司令部征用。抗战结束后，在乡人的努力下，图书馆重新开张，1980 年被纳入国家公共图书馆建制。

一座小小的图书馆给小镇增加了文化气息，镇上70% 的居民办有借书证，到图书馆看书读报已成为小镇居民的习惯。阅览室里，一位戴老花镜的长者在专心致志地读报，目不转睛，头也不抬，任凭游人拍照。

浓厚的文化氛围和注重教育的传统造就了和顺的文化名人，著名哲学家艾思奇就诞生在和顺李家大院，其故居至今保留。我 1978 年上大学时，学的是社会科学，当时刚刚恢复高考，可读的书很少，记得老师给我们开出的参考书目中就有艾思奇的《大众哲学》。

如今来到哲人故里，睹物思旧，于是看完故居后，在门口书亭买上一本由李公朴作序的老版《大众哲学》，盖上故居的印章，看不看留作纪念。

大滚锅，怀胎井

公元 1639 年的一天，52 岁的徐霞客手拄藤条拐杖，沿着马帮小道，涉过澜沧江和怒江，翻越高黎贡山，从大理来到腾冲，探查传说中的“雷硠羊”和“铁雨”事件的真相。

在 30 多年的野外考察经历中，徐霞客见过无数奇特地理地貌，然而，当他置身腾冲热海，立刻被眼前的景象惊呆了。“遥望峡中蒸腾之气，东西数处，郁然勃发，如浓烟卷雾，东濒大溪，西贯山峡……”在《滇游日记》

中，徐霞客这样描述他所看到的腾冲地热现象。

300 多年后，当我们在一个丽日和风的午后来到腾冲热海时，这位明代大旅行家所描述的景象一如当年。那口直径 3 米多的“大滚锅”如同烧开了的一锅水，翻滚沸腾。水汽氤氲中，一股淡淡的硫黄味道在空气中弥散开来。当地有一个传说，说有一头牛失足滑入锅内，待牧童从村里喊来人，想把它打捞出来时，发现锅里只剩下了牛肉和骨头架子。

热气腾腾的大滚锅

大滚锅旁，有山民把鸡蛋、芋头和红薯放到气孔里，蒸熟出售。鸡蛋用稻草扎成长条状，每串5个，这就是云南十八怪之一的“鸡蛋串着卖”。山民说，这种鸡蛋的味道和平时吃的不一样，我没有品尝，不知究竟如何。不过，我后来在长白山倒是尝过一次地热煮鸡蛋。那是一个雪后初晴的早上，从天池下来，又累又渴，半山腰上，有人在出售地热水煮鸡蛋，于是买上一袋（不是一串），暂且充饥，感觉味道确实鲜美，伴有淡淡的硫黄味。

最神奇的是怀胎井。老百姓传说，喝这口井眼里涌出的泉水可以六甲在身，人丁兴旺，当地人一直视这口井的水为“神奇妙方”。很多人千里迢迢来腾冲，不是为了看风景、泡温泉，而是为了能够喝上一口地下涌出的泉水，圆怀胎求子之梦。

怀胎井又叫龙凤井，按照男左女右的说法，左井生子，右井生女，不用说，多数人都涌往左边那口井，而右边那口井却少有人光顾。我们这个团队由三对夫妇组成，其中有一对中年夫妇，丈夫老王是哈尔滨人，来自中国艺术研究院，他年轻的妻子来自故宫博物院，两人婚后一直未育，听讲解员这么一说，立马来了精神，挤到左边那口井旁，开怀畅饮，临走又将两只随身带的水瓶续满。

旅途中，经常会遇到摸摸石像的某个部位就会如何、绕着一棵树或者一座塔转几圈就会如何的事情，我一般都会照做不误，结果如何不大考虑，图个喜兴罢了。虽然已无添丁进口的需求，也挤上去喝了几口神水，凑个热闹。

回到北京，很快就忘了这码事。没想到，有一天，突然接到老王的电话，问我最近去哪旅游了，聊了几句之后，老王在电话那头神秘兮兮地说，上次去滇西有效果，他妻子怀上了。传说变成了现实，我为老王夫妇感到高兴，也对怀胎井的神奇效果深信不疑起来。网查得知，腾冲热海的温泉水含有多种微量元素，能调节神经系统、促进新陈代谢、舒张血管、调节内分泌。

传说中不乏科学道理，对此我也深有体验。腾冲热海的一间木屋里，地面铺满草席，这就是此前听说过的“蒸汽床”。床铺看似简陋，但仔细观察，下面铺有当地产的松毛，再下面是碎石和细沙，热气从床下蒸腾而出，人躺在床上，盖上毯子，没一会就被蒸得皮舒骨张。

由于一路周折颠簸，我前一天没睡好觉，躺在“蒸汽床”上，闻着淡淡的硫黄味，感受阵阵热气，浑身酥软，昏昏欲睡，接着又到外面的热泉中泡上一会儿，感觉浑身舒坦，晚上回到旅馆，倒头便睡，第二天早上起来，疲乏劳累顿时烟消云散。

远征军，一段尘封的历史

腾冲的历史是与“二战”和“抗战”联系在一起的。

那天早饭后，几个人从驼峰酒店出来散步，发现几十米外立有一座石塔，走过去瞧瞧，基座上刻着：保山市重点文物保护单位，一九八师攻克腾冲阵亡将士纪念塔。

类似这样的遗迹在腾冲有很多，大型的如抗战结束后修建的国殇墓园，几年前由民间出资修建的滇缅抗战博物馆，它们都记录了 70 多年前发生在这块土地上的极为惨烈的一幕，而这段历史在过去又是被人忽视或不被重视的。

二战期间，日军欲切断国际援华物资的唯一通道滇缅公路，从东南亚反抄中国的大后方，攻占云

南，威胁陪都重庆。1942 年 5 月，日军从缅甸攻入滇西，腾冲沦陷。中国军队炸毁怒江上的惠通桥，将沿滇缅公路进犯的日军阻击在怒江西岸，双方军队在怒江两岸对峙，长达两年之久。

由是，滇缅公路中断，作为“空中补给走廊”的驼峰航线诞生。一个名叫克莱尔·李·陈纳德的美国退役空军中尉由此走上历史舞台，出任八年抗战期间美国援华空军飞虎队队长，干出了一番轰轰烈烈的大事，还收获了一段浪漫的爱情，时至今日，陈纳德先生与陈香梅小姐的忘年恋仍是人们茶余饭后的谈资。

1944 年 5 月，为策应中、英、印联军对缅北日军的反攻，打通滇缅公路，据守怒江东岸的中国远征军发动了滇西反攻战役。经过三个月的激战，远征军以敌我 1：6 的重大伤亡代价，拿下日军的坚固堡垒松山，全歼据守怒江西岸的日军。

四川作家邓贤在《大国之魂——中国远征军滇缅征战纪实》中对这段历史有过生动细致描述。当我读到远征军奇思妙想，动用工兵，花 20 天时间挖下一条暗道，埋进去 3 吨炸药，将松山子高地整体颠覆，端了日军老窝一段时，忍不住拍案叫绝。后来我把这本书推荐给了我的网球伙伴吕士卓，他曾在滇缅边境一带插队多年，对那片土地不仅熟悉，而且充满感情，几次约战友回访故地，寻找当年的农场和老乡。他看完这本书后深有感触，没事就拿这一话题与我交流。

腾冲城是滇西最坚固的城池，日军在两年多的据守期间，修筑起坚固的工事。远征军第 198 师强渡怒江后，攻入腾冲城内，日军凭借熟悉地形开展巷战，远征军伤亡惨重。就在这时，美国人提供的火焰喷射器发挥了威力，日军躲到哪里，火舌窜到哪里，石头被烧红，泥土被烧焦，木头被烧成碳，直烧到残存的日本兵挂出白旗为止。据说，收复后的腾冲城片瓦无存，“没有一片树叶少于两个弹孔，没有一所房子可以遮风挡雨”。

一次，我看《凤凰大视野》制作的滇缅抗战节目，得知一位名叫吉野孝公的日军守城士兵，被俘后到了缅甸，后被释放回国。他根据当时的记忆写下了《腾越玉碎记》，记述了发生在腾冲城内的那场惨烈战斗。几年前热播的电视剧《我的团长我的团》反映的也是这段鲜为人知的历史。

抗战结束后，在辛亥革命元老李根源的倡议下，腾冲建起了一座国殇墓园，该墓园目前兼作“滇西抗战纪念馆”之用。墓园依山傍水，松柏林立，主体建筑是忠烈祠，正面刻有“碧血千秋”四个大字，为蒋中正所题，李根源书写。忠烈祠的背后是一座较为平缓的小山包，拾级而上，路边碑石林立，石碑上刻有远征军阵亡将士的名字和军衔，令人肃然起敬。

夕阳的光线透过树枝斜射到墓碑上，园中清幽肃穆，一行人不由得放慢了脚步，敛声屏气，生怕打扰了这些安睡地下的英灵。

在国殇墓园内漫步，最令人感动的还是那封义正辞严、铁骨铮铮的《答田岛书》。

1942 年夏，日军逼近腾冲县城，以龙云之子为首的军政要人弃城而逃。年过花甲的地方名士张问德临危受命，出任腾冲县长。腾冲沦陷期间，张老先生随身携带一面国旗，手拄一根藤条拐杖，六渡怒江，八越高黎贡山，协调各方力量，组织民众，维持抗日县政府的运转。

日军高官田岛见张问德在当地威望甚高，意欲拉拢，他派人送来一封书信，诱其降日。老先生看后怒火中烧，当即回书予以驳斥，信中历数日寇入侵腾冲所犯之罪行，最后写道：

余拒绝阁下所要求择地会晤以作长谈，而将从事于人类之尊严、生命更为有益之事。痛苦之腾冲人民，将深切明了彼等应如何动作，以解除其自身所遭受之痛苦。故余关切于阁下及其同僚即将到来之悲惨末日命运，特敢要求阁下作缜密之长思。

在信的末尾，这位流亡县长堂堂正正地署上了自己的头衔：“大中华民国腾冲县县长张问德”。

在汉奸屡出的当时，张问德老先生的堂堂民族气节对国人是一个极大鼓舞。这封信后来被转呈中央政府，登载于全国各报，原件被送入国史馆保存。军政部部长陈诚称张问德是“全国沦陷区五百多个县长中之人杰楷模，不愧为富有正气的读书人”。

丹巴之美

藏寨

到达丹巴甲居藏寨，天已擦黑，藏族司机米嘎把我们放在班安阿妹客栈门口，说好明天中午来接我们，然后回身上了车。普拉多越野车驶上崎岖不平的山路，很快就消失在藏寨的夜色中。

班安阿妹走起路来有些跛脚，话语不多，但脸上始终挂着微笑，待丈夫扎西与我们谈好价钱，她二话不说，拎起行李，径直把我们带进客房，然后转身去预备晚饭。

早就听说嘉绒藏族民居漂亮，如今置身其中，果然让人眼前一亮。细细打量，客栈的外墙用黄泥和石头垒成，红白黑三色涂刷，屋檐、门口和窗户均绘有鲜艳的图案，画工细腻精美，让人疑心是到了艺术家的画室。

扎西说，年前刚请人来画过一次，花了一万多块钱，寨子里有一个风俗，家里再穷，也要攒下钱，把房子装饰好，不画不行，旧了也不行。“那样要被人看不起的。”扎西笑笑说。

终于明白，为什么丹巴藏寨能在2005年被《中国国家地理》评为“中国最美的乡村古镇”，名列榜首。一个地处高山河谷的藏族村落，对居住环境这样重视，如果不是亲眼所见，说什么也不会相信。

带着崇尚心理，翌日，早早起床，在扎西夫妇的指引下，院里院外，楼上楼下，继续欣赏。

扎西家养了三头牛，圈养在一层的牛圈里。说是牛圈，从外面看与住人的房屋没什么差别，依然是彩绘的大门和窗户，如果不说，任谁都看不出这是牲口住的地方，如果不问清楚，走错了门，也是保不准的事儿。

扎西两口子住在二层，这一层除居室外，还有厨房和储藏室，近年游人增多，又辟出两间客房。在扎西的招呼下，我走进他们两口子的居室。屋内摆放着一张双人木床，一张木桌，几个长条木凳，除此之外几乎见不到别的家具，我脑子里顿时冒出一个词：家徒四壁。

甲居藏寨客栈，艳丽多姿

这些藏族村民省吃俭用，花那么大精力来描绘他们的房子，对用的东西却不重视，让人百思不得其解。

三层坐北朝南有两间客房，坐东朝西有一个较大的房间，门窗紧闭，这是藏族人的诵经房，平时不开，外人不能进入。四层只在东北角有一间房子，小得不能再小，让人疑心这是不是房子，扎西说，这是他们的“拉吾则”。

“拉吾则”，藏语的意思是“曾经建造碉楼的地方”。我顺着一个搭在房檐上的铁梯子小心翼翼爬上去，看到房顶四角各有一尊塔状柱角，每尊柱角都插着一面玛尼旗，五颜六色，随风舞动。四下环顾，发现这里视野很好，整个藏寨一览无余，由此不难推断它的最初功能是用于瞭望和传递信息的，如今它只具有象征意义和装饰作用了。

由于越往上房间越少，平台越往上就越大。秋收刚过，平台上晾满了黄灿灿的苞谷，房檐下挂着几串火红的辣椒，在漆成红、白、黑的墙壁映衬下，显得格外耀眼。

这就是栖居在高山河谷中的嘉绒藏族人，他们将自己的信仰、自己的审美融入民居建筑，与大自然和谐相处，天人合一，几千年来从未改变。

高天流云下，一幢幢这样的民居建筑点缀在碧绿的山坡上，星罗棋布，错落有致，如同一幅多彩的画卷。

漫山遍野的民居建筑

碉楼

扎西，典型的康巴汉子，身材敦实，古铜色的脸膛，头发卷曲，他年轻时在外面当过兵，打过工，近几年丹巴声名鹊起，于是他回到老家，翻盖房子，扩大面积，做起了旅游生意。

“这是家碉。”扎西告诉我们。家碉，顾名思义，既可以住人，又可以防御，遇有外敌入侵或者村寨械斗，民居就是堡垒。

我几年前在广东见过开平碉楼，同样的精美，同样的养眼。不过，相比之下，开平碉楼的防御功能更强一些，几乎每一层都有瞭望口和射击孔，让我想起小时候在东北老家看到的日本人留下的炮楼。

在寨子里走了一圈，发现丹巴家碉防御功能不强是有原因的，原来，这里还有一种寨碉，是专门用于防御的碉楼。寨碉完全由石块和石片砌成，多为四角形，上窄下宽，高二三十米。碉楼内部分为五至七层，每层之间用独木梯相连，碉墙上开有扇面形射击孔，顶端有堞。这些寨碉或立于山坡高处，或端坐河谷低地，在漫山遍野的藏族民居中，显得十分突兀。

在川西，除家碉和寨碉外，还有一种官碉，也就是守护土司官寨的碉楼。结束在丹巴的行程后，我们驱车前往四姑娘山，路过小金县，遇到一处规制宏阔的建筑，来自成都的向导李贤说，这是沃日土司官寨，川西藏族聚居区有名的土司寨子。

赫然入目的是官寨旁的碉楼，高近 40 米，四角形的每边长 6 米左右，墙体厚实，结构牢固，气势非凡。让人惊叹的是高高悬起的碉门，距离地面至少有 4 米，可想而知，敌人要想上去，难上加难。不知道这座碉楼是不是川西藏族聚居区之最。

丹巴位于汉区和藏族聚居区交界处，战乱年代，这些碉楼为保护藏寨发挥了重要作用。在清乾隆年间的两次大小金川战役中，土司的军队就是凭借这些军事和准军事堡垒，与清军周旋，给来犯者以重创，搞得乾隆爷坐卧不安，龙庭大怒，数名前线将领被杀头或革职。

如今，到了和平年代，这些雄奇、凝重、沉稳的石砌建筑成了丹巴人的符号，引得众多游人千里迢迢来到大渡河畔，一睹“千碉之国”的芳容，这是当初的设计建造者绝对想象不到的。

沃日土司官碉

美人谷

“古碉和藏寨，是那稀世的桃花源，青青的高山下，有迷人的美人谷。”丹巴碉楼美，藏寨美，女人更美。当地人有一句口头禅，叫“康巴的汉子，丹巴的美女。”丹巴位处康巴藏区，男子彪悍勇猛，女子温柔漂亮。

追溯历史，1000 多年前，丹巴是东女国的所在地，女性文化弥漫在墨尔多神山脚下，大渡河畔。据唐代《通典》记载，在东女国，“妇人为吏职，男人为军士”。也就是说，女人负责管理国家事务，男性只能当兵打仗。

有人考证，成吉思汗灭掉西夏后，原西夏国的大批皇亲国戚、后宫妃嫔经甘肃迁徙至川西大渡河畔的丹巴一带，因这里山高谷深、山美水秀，气候适宜，便定居于此，他们将美丽与高贵的气质带到这一方土地，与东女国的后裔结合，久而久之，造就了闻名于世的丹巴美人谷。据说，丹巴历史上出过多个女土司，个个魅力十足，精明强干，这显然是受了东女国遗风的影响。

丹巴地处深山峡谷，气候温润，夏无酷暑，冬无严寒，盛产水果，女孩子皮肤白皙，身材苗条，再加上自小受到的女性文化熏陶，天性爱美，擅长打扮，能歌善舞。据说甘孜州歌舞团中，女演员差不多有一半来自丹巴。要问丹巴女子到底有多美，甘孜州旅游局的小册子中有这样一段描写：“深厚的文化积淀，秀丽的山水，养育了丹巴一代又一代玉雕佳丽，她们稍加梳洗，便气韵毕现，曲线天成……”

扎西告诉我，他们乡每两年搞一次选美比赛，每次选出六名“丹巴之花”——金花一名、银花两名、石榴花三名。村里的女孩子自小就在父母的辅导下练习女红——绣花、织布、缝补，一到节假日或有重要活动，便梳妆打扮起来没完，她们日夜期盼的大事就是能在嘉绒藏族风情节上盛装登场，一展芳容。

嘉绒女子的服饰更是别具一格，服饰面料一般用金丝绒，头上一片，身前一片，身后一片，俗称“三片布”。头上的那片就是她们的帽子，老年女子戴白色，中年女子戴黑色，未婚女子戴花色。

想象中，丹巴既然被称为“美人谷”，就应该到处是美女，可是我们在丹巴，一路上除了在旅游景点遇到几个美女导游外，并没有见到几个美少女，上年纪的藏族妇女倒是见了不少。在甲居藏寨，我问扎西是何缘故，他笑笑说：“都被县上的人给领走了，要么进了歌舞团，要么到宾馆当了服务员。”

“如今村里的女孩子都想往外走，拦都拦不住，也不知图个啥？”50岁的扎西坐在木板床上，吸着纸烟，喃喃自语地说。昏暗的房间里，烟头发出的火光忽明忽暗，如同扎西的心思。

川藏线上

翻越二郎山

成都的天气总是雾蒙蒙的，老天爷很难在它的上空露个笑脸。记得2006年夏天，我因公务在成都住了20多天，似乎从头到尾就没遇到过一个晴天，绵绵细雨倒是不时光顾。

这次因为走川藏线，第一站先到了成都。下了飞机，感觉天还不错，心里有点美滋滋的，哪曾想，晚饭后到宽窄巷子闲逛，老天突然变脸，一场春雨突袭而至，情急之下，随朋友躲进一家茶馆。正巧，茶馆里在上演川剧“变脸”，没办法，就用“变脸”来应付“变脸”吧。

在巴蜀之地，没有什么比阳光更珍贵的了，四川有首民歌，名字就叫“太阳出来喜洋洋”。成都人有个习惯，不管大人小孩，一遇晴天就跑到外面晒太阳，甚至连上班一族也走出写字楼，坐在茶棚里，一边喝茶、嗑瓜子、聊天，一边有一搭无一搭地在手提电脑上处理邮件。四川人有“蜀犬吠日”之说，虽说有些夸张，倒也形象。

不过，这只是在四川盆地才会发生的事情。四川有的是高山峻岭，一旦走出盆地，上了高原，这种情况就发生了逆转，我们这次走川藏线就着实体验了一把。

川藏线与横断山脉几乎是垂直的，从成都到林芝，一路上要翻越数座高山，还有穿行其间的三条著名河流：金沙江、澜沧江、怒江。一路西行，山一个比一个高，谷一个比一个深，但天气也越来越晴朗，及至雅鲁藏布江河谷的林芝一带，已是一片蓝天白云。在那里，你可以尽情地感受青藏高原晴朗的天空，享受那里暖暖的阳光。

出成都西行，遇到的第一座高山就是有“康巴门户”之称的二郎山。“二呀二郎山，高呀高万丈，枯树荒草遍山野，巨石满山冈……”听起来吓人，但实际上，与川西其他高山峻岭相比，二郎山并不算高，海拔不过

3400 多米，但因为它是四川盆地通往青藏高原路上的第一座高山，过去很多沿茶马古道进藏的人一出门就被它给挡回来了，所以有了“万丈”之说。

骑上单车去拉萨

过了二郎山就是藏族聚居地，有更多的高山峻岭在等着商旅过客，但这些高山峻岭古往今来鲜有人知，道理很简单，人的眼界是受他所接触的外部世界限制的，登高才能望远，鼠目只能寸光。古代诗人钟爱高山大川，熟知地理地貌，但也概莫能外。

当年，李白在长安遥望家乡，发出一声嗟叹：“蜀道之难难于上青天”。古代，由关中前往蜀地，要先走褒斜道，翻越秦岭，到汉中盆地，再走金牛道和米仓道，翻越大巴山，这些道路均为马帮小道，崎岖难行，但它们与藏道相比，都是小巫见大巫。李白小时候虽说在四川长大，但他肯定没到过川西，不知道藏道的艰难，要不然这位浪漫奔放的诗人怎么也得来一句“藏道之难，难于上青天”。

杜甫因“安史之乱”流寓成都，其间写下一句“窗含西岭千秋雪”，但他眼中的西岭雪山是透过窗户看到的，过了西岭都有些什么，老先生并不清楚。当他听说官军收复了河南河北，就开始“漫卷诗书”，准备回老家了。

过去，川藏路从二郎山经过时，要翻山越岭，费时费力，事故频发。十几年前，一座长4000多米的隧道由此凿通，穿越山头只需十几分钟。隧道口有一条绕山坡而行的荒路，向导说，这就是老川藏路，现在已经废弃不用了。想来，在没有隧道的那些年月里，行人和车辆就是依靠这条盘山道翻越二郎山的，其难度和耗时可想而知。

向导李贤虽身为汉人，却痴迷西藏，川藏路走过不下几十次，几乎熟知路上的一草一木。令人惊奇的是，她竟然会用藏语唱藏歌，看来她的喜欢不是一般的说说而已，而是发自内心的喜欢。她说自己也不知道为什么，她问过妈妈：祖上是不是有藏族血统？回答是否定的。

听了她的经历，放下心来，跟着这样的户外专家进藏一定不会让人失望。

大渡河，泸定桥

出了二郎山隧道，眼前豁然开朗，山谷中，一条大河蜿蜒流淌，这就是赫赫有名的大渡河。

虽说已进入四月，但峡谷里的草木大部分还没有变绿，地表仍然裸露着褐色的砂石，偶有先期报春的油菜花一畦畦点缀在山坡上、河谷间，鲜艳夺目，如诗如画。只一眼，就让人醉了。驴友小袁来自上海，外科医生，说话如同炒豆，一看到这个景致，立刻嚷嚷起来："哇，太漂亮了，赶快照相！"

一说起大渡河，自然会想到泸定桥。泸定桥建于清康熙年间，桥头石碑上的"泸定桥"三个大字为康熙皇帝的御笔。细细端详，康熙的书法气势不凡，可他万万没有想到，他的题词用错了地方。

原来，这里面有个故事，说的是四川总督能泰在修桥时，误认为大渡河就是诸葛亮《出师表》中所说的泸水，即今日的金沙江，于是取"泸水安定"之意，上表请求康熙皇帝题写了泸定桥三个字。康熙至死也不会知道他给一条错误的河流名字题了辞，要是知道了，这个糊涂总督非被杀头不可。

铁索桥由 13 根铁链连接而成，铁链每根重 1.5 吨。当年建这座桥时，如何把铁链拉到对岸成了难题，一开始，人们把铁链放在船上，但船没走多远，就被湍急的河水冲到了下游。一筹莫展之际，来了一个足蹬麻鞋、身披褡裢的云游僧人，见状大笑，说四川产竹，何不用竹筒？众人不解，僧人说：把竹筒外面串上铁环，连通两岸，把铁链拴在铁环下面，用绳子一拉，就像拉窗帘一样，铁链就过去了。众人醒悟，一试果然有效。

踏上铁索桥，桥面颤颤悠悠，脚下水流湍急，打着漩涡，轰然鸣响，让人心生恐惧。有好事者岔开双脚，抓住铁链使劲晃动，引来胆小女士们一阵惊叫。

《远方的家—北纬 30 度中国行》中有一个镜头：傍晚时分，两个女孩神态自若地坐在铁索桥的木板上，手扶铁链，双脚耷拉着伸向河面。也许她们不是为了看风景，而是要显示一下胆量。这次到了现场，想亲眼看看这个场景，可惜时间不对，太阳高照，“演员”尚未出场。

在川西和藏东的众多河流中，大渡河是一条小河，但它的名气却不小，因为它从来就没有平静过，架在大渡河上的那座铁索桥就是证人。正如作家黄文山在《川西三题》中所说：“三百年了，经历过多少风霜雨雪，铁索桥依然高悬在激流之上，静静地注视着四时变化，人间冷暖。”

太平天国时期，翼王石达开率四万太平军抵达大渡河畔，因河水暴涨，难以过河，最后在清军的四面围攻下全军覆没。1935 年，中国工农红军由泸定一带渡过大渡河，从而使红军队伍的命运发生了转折，我上小学时，语文课本中有一篇文章，名字就叫《飞夺泸定桥》。

同样一条河，毁灭了一支军队，也成就了一支军队，并且都改变了历史的走向，站在大渡河畔，看着脚下湍急的河水，让人感慨万千。

康定城，折多山

康定是我向往已久的地方，其诱因不用说，自然是那首家喻户晓的《康定情歌》：“跑马溜溜的山上，一朵溜溜的云哟，端端溜溜地照在，康定溜溜的城哟……”

浪漫的情歌后面有浪漫的故事，故事情节是这样的：

来自四川宣汉的李依若在成都上大学，他对班上一位漂亮的女同学暗中倾慕。这位女同学来自康定，李依若称她“李大姐”。一次，李依若趁假期随李大姐来到康定。纯美的自然风光和浓厚的人文气息让李依若陶醉不已，才华横溢的他借用当地民间的溜溜调，即兴创作了《康定情歌》。令人惋惜的是，由于父母反对，李依若与李大姐的爱情未能圆满，但他的情歌却被广为传唱，被誉为“20世纪情歌之王”。

康定出情歌，也出故事，其中流传最广的是关于康定城的来历，这个故事说起来竟然还与足智多谋的诸葛亮有关：

相传，康定在古代为西南牦牛国属地。蜀汉建国后，刘备为扩大地盘，派丞相诸葛亮与牦牛国王商量，借一箭之地。牦牛国王心想，一箭之地能有多大，借就借吧。没想到，诸葛亮事先派大将郭达翻山越岭，将一支箭插在康定城边的一座山上，射箭时又选了一个大雾天，结果，诸葛亮这一箭就“射”出了300多公里。牦牛国王大呼上当，但还是信守诺言，将康定城让给了诸葛亮。

这个故事是真是假无法考证，不过诸葛亮的老谋深算是人所共知的，康定城边的那座“郭达山”和山上插的那支铁箭也许会给这个故事的真实性提供一些佐证。

康定有一条穿城而过的河流，这就是由雪山融水而成的折多河，河道狭窄，水流湍急，浪花翻卷，响声隆隆。沿着河边的“情歌大道”一路驶过，“张大哥菜馆”“李大姐饭店”“情歌影院”……让人目不暇接。眼前的繁闹景象让人很难想象这是一个处于幽僻山谷中的西部小城。

康定溜溜的城

一曲《康定情歌》也让城边原本不起眼的一座小山出了名，这座山就是跑马山，如今山上建起了跑马场，有些年轻人特地千里迢迢来此谈情说爱，据说这样成功的概率会大一些，是否如此，没人统计，但至少能图个吉利。

出了康定城往西，就是折多山，按原定行程计划，我们要翻越折多山，到新都桥过夜。折多山，藏语称“居拉”，意为“肠子山”，因盘山小路弯弯曲曲状如肠子而得名。

夜幕降临，车子在毛毛细雨中驶出了康定老城，很快就左盘右旋爬上了折多山。瞬间，海拔由 2000 多米上升到了 4000 多米，食品包装袋一个个鼓鼓囊囊地胀了起来。气温骤降，车里人纷纷套上了羽绒服和抓绒冲锋衣。没一会儿，挡风玻璃上的雨珠变成了雪花，外面的山体变成了白色。

大雪覆盖的盘山路经过车辆碾压后滑得很，稍不留意就会出事，这不，正走着，就看见一辆金杯车翻在了路边。几位藏族村民跑前跑后在推销防滑链，一问价格，300 多元一副，比山下高出 200 元。无所不在的商品经济浪潮把这些藏族人也卷了进来，他们在念佛经的同时，也念起了生意经，其精明程度丝毫不亚于内地人。

大车小车一辆辆排成长龙，在盘山道上缓慢爬行。接近山顶时，所有的车子都堵在路上走不动了。

“前面翻车了，走不了了，快回去吧！”一个身穿军大衣的藏族警察跑过来，大声向我们嚷嚷。

“排队等着行不行？”

“那就得后半夜了，山上过夜有危险，这里海拔高，氧气不足，以前死过人的。”

听他这么一吓唬，没人敢说话了，赶紧打道回府，回康定过夜吧。

“这真叫一个折多山，不折也得折。”我对自己说。不过又一想，这可能就是我和康定的缘分吧，你不是想来吗，那就住一夜再走吧。

返回康定县城已是晚上九点，就在大家担心住处不好找时，车子三转两转，停在了拉姆则林卡酒店门口。酒店背靠跑马山，面朝折多河，紧挨 318 国道，号称四星，不过据我观察，顶多达到三星标准，但这却是甘孜州最好的酒店。

在藏语里，拉姆是“仙女”的意思，则林卡是“宫殿”的意思，这么说来，我们住的就是仙女宫殿了。怪不得酒店的宣传单上写着：“您可以白天慵懒地在阳光下休闲，夜晚安静地在星空中入眠……”

遗憾的是，进入高原后的第一夜并没有那么浪漫，安静倒是不假，但仙女没见到，睡眠也很浅。毕竟海拔已经到了 2800 米。

新都桥，木雅人

翻过折多山，眼前现出一片开阔的山谷，新都桥到了，这意味着，我们已进入木雅藏族聚居区。

木雅藏族聚居区东有大渡河，西有雅砻江，自然条件优越，这里的藏族人种青稞，也养牦牛和马。与其他藏族聚居区相比，木雅人的生活比较富裕，这一点从他们居住的房子上就可以看出来。

木雅民居外观漂亮，墙体刷成红、黄、白相间的颜色，窗户不大，给人一种秀雅的感觉。民居多为三层，偶或能见到几栋两层的建筑，几乎见不到平房。如果是三层的建筑，一层用于牲口房，二层住人，三层是佛堂；如果是二层的建筑，一层住人，同时辟出一块地方用于牲口房，二层是佛堂。不管怎样布局，佛堂是不能少的。

与嘉绒藏族民居不同，木雅民居多以石木结构为主，而丹巴地区的嘉绒民居主要由黄土夯成。令人感到新奇的是，在木雅藏族聚居区，家家户户门口都立着一个旗杆，这是为什么？原来，在木雅人心目中，旗杆是“正直”的体现，如果哪一家做了对不起本部落的事，比如出现逃兵，要么不许他家在门口立旗杆，要么在他家的旗杆上挂个狐狸尾巴，以表示对这家人的鄙视。

木雅藏族聚居区过去一直实行土司制度。由于中原政权对边远地区鞭长莫及，为安定一方，采取了册封土司的办法，即由当地有名望的头人掌管该地区的军政大权。这样做的结果是，久而久之，土司成了割据一方的土皇帝，为所欲为，不服中原政权管理，甚至驱逐或杀害朝廷命官。

清末，驻守巴塘的驻藏帮办大臣凤全被当地土司杀害，引起朝廷震怒，迅即派军荡平土司寨子，拿获土司头人，成为轰动一时的事件：

光绪十年(公元1904年)四月,凤全被授予副都统衔，任驻藏帮办大臣，在巴塘一带理政。凤全力主限制寺院僧侣人数，暂停剃度，移民屯垦，引起僧侣阶层和信教民众不满。

一天，在巴塘土司和丁林寺喇嘛的召集下，500多人手持棍棒，冲进垦场，见人就打，见物就砸，并与前来镇压的清兵发生冲突。随后，他们又召集3500多人，将巴塘城团团围住，烧毁法国天主教堂，杀死传教士，捣毁凤全寓所。经谈判，土司和喇嘛同意凤全离开巴塘。哪曾想，凤全一行刚走出城门，路过一座山坡，滚石檑木齐下，50多人当场毙命。

清廷闻报大怒，派四川提督马维骐和建昌道赵尔丰“即刻剿办”。土司军队的鸟枪和火铳抵不过正规军的火枪火炮，顷刻间被打得落花流水，参与事件的土司和喇嘛被清军悉数拿获砍头。

“巴塘事件”影响重大，此后，朝廷在西南地区开始实行“改土归流”制度，由流官取代土司。

如今，神秘的土司制度已经远去，但它的吸引力依然不减。我 10 多年前看过阿来的《尘埃落定》，这部小说对麦琪土司家族生活的生动描写成了我向往西藏的诱因之一。不久前，电视台播放过一部古装戏——《木府风云》，该剧的背景是明代云南纳西族木氏土司家族。我在丽江参观过这座木府宅院，从其豪华气派中不难想象当年土司势力之强大。

在摄影人眼里，新都桥是个出片儿的地方。新都桥位于木雅藏族聚居区的中心，秋日里，薄雾蒙蒙的山峦，静静流淌的小溪，色彩斑斓的草木，低头觅食的牛羊，散落山脚的藏族村寨，袅袅升起的炊烟，让手持长枪短炮的摄影人流连忘返。

可惜我们来得有点早，无缘尽享这难得的自然美景。不过话说回来，川藏路风景遍布，一个季节有一个季节的特色，即使是在同一个季节，不同的地段也有不同的特色。要想一次性把所有美景尽揽怀中是不可能的。我们这次的主要目标是林芝的山桃花，所以在此只能留些遗憾了。

童心未泯的小喇嘛

川藏线分南北两线，北线即 317 国道，由成都出发，经汶川、马尔康、甘孜、德格、昌都，至藏北那曲，这一段路况较险，少有人走。南线是 318 国道的一部分，由成都经林芝至拉萨，通常说的川藏线指的是川藏南线，即我们这次走的路线。

如果把这两条线路进行一下比较，可以发现，川藏北线以人文风情为主，川藏南线以自然风光取胜。川藏北线佛音缭绕，有色达佛学院和德格印经院。传说，藏族历史上的英雄格萨尔就是德格人。德格近来也因为出了一位天下最美女中音——藏族歌唱家降央卓玛而名声大噪。

而川藏南线，按照《中国国家地理》杂志的说法，则是“中国人的景观大道”。川藏南线从成都出发后，穿越众多高山大川，一路上雪山、冰川、草甸、森林、湖泊相伴。每年三月底，山桃花漫山遍野，五月底杜鹃花火红一片，七八月绿草茵茵，一进入十月则树叶金黄，色彩斑斓。

然而，在川藏南线上，也不乏令人赞叹的人文风情。在毛垭大草原的理塘，我们就遇到了一处规模不大但却充满浓郁藏传佛教色彩的寺院——长青春科尔寺。

相传，1580 年，三世达赖喇嘛索南嘉措在青海安多传经返藏，路经理塘，发现这里背山面水，有吉祥之兆，遂停驻于此，聚资建寺。在藏语里，“长青”意为弥勒佛，即未来佛，“春科尔”意为法轮，“长青春科尔”寓意法轮常转、妙谛永存。寺院占地面积不大，但它却是康藏地区历史最悠久、规模最大的格鲁派寺庙，藏族聚居区有“上有拉萨三大寺，下有安多塔尔寺，中有理塘长青春科尔寺”的说法。

这座建在山坡上的寺院建筑简洁，环境幽雅，清新宁静，除了我们几个突如其来的造访者外，自始至终没见到其他游人，闻不到香火味，听不到诵经声，没有请香处、开光处和功德箱，见不到摆满佛事用品的摊位，一块地地道道的净土，与世隔绝的净土。一切宁静如昨，似乎这个地方早已被时间遗忘。在商业化浪潮几乎无处不在的今天，如此清静的地界实难寻觅。

山门口，一群身披绛红色袈裟的小喇嘛在嬉笑玩耍，对我们的到来视而不见。给我的感觉，这是一群童心未泯的孩子。司机小刘跑川藏线多年，多次到访这家寺院，我问他：“他们不上学吗？”小刘说，寺院的老喇嘛们希望孩子们自幼学佛，人越多越好，这些孩子的吃住和学习都在寺院里，不要家里负担，所以很多家长也愿意把孩子送进寺院。

大殿内的拐角处，两个小喇嘛在磕长头，一丝微弱的光线从窗帘透射进来，映出他们的身影。见有人进来，两人腼腆地一笑，然后继续重复他们的单调动作。

趁一个小喇嘛起身整理袈裟的功夫，凑过去聊几句，得知他刚刚踏入佛门，刚来时很想家，现在已经习惯了，觉得这样也挺好，不一定非得去学校念书。说完，他嘴角动了动，目光朝向佛殿。我知道，这是他的选择，他从此将与佛相伴，终老一生。

我无言以对，只能点点头，拱手作揖，祝他们幸福吉祥。在征得他们的同意后，我给他们照了几张磕头动作的剪影，回来在电脑上放大看，很有些佛境禅意。

过三江并流区

川藏线出了巴塘，依次要穿过金沙江、澜沧江和怒江，三条大河一路并行，奔腾向南，从高空看犹如一个巨大的“川”字。我 2010 年 5 月行走滇西北时，沿 214 国道由香格里拉前往梅里雪山，初识三江并流的魅力，这次在藏东南又一次与它相遇，有老朋友相见，格外亲切之感。

三条大河均发源于青藏高原，沿横断山脉谷底奔流南下，这种岭谷相间的特征给三江并流区带来了险，同时也带来了美。正如单之蔷先生在 2010 年第 7 期的《中国国家地理》中所说:“西南横断山区的峡谷多为‘狭谷’，河流如刀，深切山体，高山激流，有一种险峻之美。”

过三江并流区的体验就是，忽上忽下，忽高忽低，一会跃上山顶，一会跌到河谷，如同坐过山车一般。在怒江峡谷，翻过业拉山垭口后，车子在山坡上连续盘旋，驶过若干个“之”字形的大拐弯后，才下到江边谷底，这里就是川藏线上有名的“108拐”，人称“最壮观的魔鬼公路”。

由山顶往下看，山谷深不可测，怒江蛇行在狭窄的谷底，令人头晕目眩，胆战心惊，胆小的女士们甚至不敢向车窗外瞭望。待下到谷底，回头仰望，业拉山连天接云，318国道如贴在山体上的一根细线，蜿蜒曲折，大大小小的车辆如蚂蚁一般在细线上爬行。每个人都是风景，一刻钟前，别人在山下看我们，现在，该轮到我们在山下看别人了。

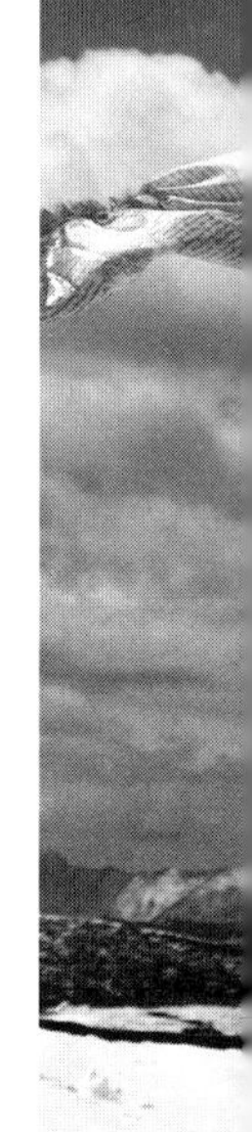

如果用如临深渊来形容这段路程，用惊心动魄来形容旅人的感觉，毫不为过。不过，这个神奇的“108拐”也成了一处难得的自然和人文景观，为摄影人所钟爱。

出了芒康县城，车子没转几个弯就驶上了海拔4300米的拉乌山。山顶终年积雪，蓝天白云下，串串经幡随风飞舞，像是在欢迎远道而来的客人。就在我琢磨如何取景时，向导李贤走过来说，她以前带过一个摄影团，摄影家们喜欢以蓝天、白云、雪山为背景，用大光圈近距离拍随风舞动的经幡，可以试一试，按照她的指点拍了几张，果然效果不错。

我有个习惯，旅途中见到标识、简介之类的文字就想拍下来，以备日后复习之用。就在我拉伸镜头准备拍带有“拉乌山”三个字的路牌时，忽听驴友老孙嚷道：“拉鸟山”，定睛一看，原来，不知是谁恶作剧，在“乌”字里面加了一个点，结果“拉乌山”变成了“拉鸟山”，几个人看后哄然大笑。

拉乌雪山，经幡随风舞动

车子驶离冰雪覆盖的拉乌山顶，盘旋而下，一条开阔的山谷出现在眼前，澜沧江以奔腾咆哮之势从中穿行。山坡上不时可以看到一座座白色的藏族民居，周围点缀着一畦畦的碧绿青稞，接近谷底时，几片金黄的油菜田又出现在我们的视野里。

从海拔 4000 多米到 2000 多米，从冰峰雪岭到春意盎然，这一切都发生在几十分钟之内，可以说是须臾之间，出乎我们的意料，更让我们兴奋不已。

然乌湖畔，寒冷的一夜

连续走过几条奔腾咆哮的大河，心情也如波涛般久久不能平静。然而，没有想到，在昌都八宿安久拉山脚下，我们竟与一个静若处子的湖泊不期而遇。

这个湖泊就是然乌湖。

在藏语中，然乌湖的意思是“尸体堆积起来的湖”，听起来瘆人，一汪美丽的湖水怎么会有这样一个让人惊悸的名字呢？原来，这里面有个传说：

很久以前，然乌湖畔有两头力大无比的牛，一头是水牛，一头是黄牛。两头牛谁也不服谁，终于有一天“牛气大发”，较量起来，结果两败俱伤，双双倒地而亡，两只牛的尸体化为大山，两山相夹的一湾清水便是然乌湖。

初春时节，湖面已经化冻，远远望去，湖水一片蔚蓝，蓝得让人心醉，让人神往。然乌湖，如同一个睡美人，恬静安然，静静地躺在雪山脚下，松林之间。由于山上的雪水和冰川还没有完全融化，湖面的水位不是很高，偶有岩石露出水面，让人想起“水落石出”这个词来。湖水纯净，净得能看见自己的影子；湖岸静谧，静得能听到自己的呼吸。

不知何人捡来块块卵石，在湖边垒起一座座玛尼堆，有人在岸边的树枝上扯起几道经幡，自然风景与人文风情相配，宁静的湖岸顿时有了生气。驴友老杨寡言少语，但摄影经验老到，专门找不经意的场景和角度拍照，他以玛尼堆为前景，以湖水和雪山为背景拍下几张照片，引来众人交口称赞。

紧挨湖边的蓝湖驿站是典型的藏式建筑，条件马马虎虎，但在川藏路上，这就算好的了。户外活动者喜欢便捷实惠，对吃住都不大讲究，但然乌湖畔的寒冷程度却大大超出了我们的预料。白天虽说湖畔有冷风嗖嗖刮过，但有羽绒服和冲锋衣护着，人处于活动中，还可以忍受，最难熬的是夜里。

入夜，湖畔空旷寂静，气温骤降。刚钻入被窝，有电褥子烘着，还不觉得冷，没曾想，到了后半夜，村里那台唯一的柴油机不转了，电褥子的热气一点点散失，凉气阵阵袭来，寒意砭骨，给人的感觉就是四个字：奇冷无比。

一切都是冰冷冷的：棉被是冰冷冷的，褥子是冰冷冷的，枕头是冰冷冷的……，在严寒的包围下，身体散发出的那点热量微不足道，两床棉被盖在身上也不管用。没办法，只好蜷缩在被窝里，一动不动，盼着天亮。

我生长在冰天雪地的小兴安岭林区，冬天虽说外面大雪纷飞，死冷寒天，但屋子里却暖意融融。哪怕你在外面被冻成了“冰棍”，可一进了屋子，就会置身于火炉、火墙、火炕、火盆的包围中，没一会就会“还阳”。夜里睡觉根本不用担心被窝会凉，火炕持续的余温会保你美美地睡上一个通宵，要不东北咋会有“三亩地一头牛、老婆孩子热炕头”的说法呢？

然乌湖畔那一夜让我感到什么是真正的冷，什么是冷得睡不着觉，什么是追悔莫及。

拂晓时分，早早起床，一路小跑，来到国道旁唯一的餐馆，讨来一壶热水，兑上姜茶，一口气喝下，身子才算一点点暖和过来。驴友老孙说，他夜里冻得睡不着，几次爬起来原地蹦高儿，藉此增加一点热量。

身在地狱，眼在天堂，抱怨归抱怨，看着晨曦微露下然乌湖那蔚蓝色的湖水，雪山松林，几个人又来了精神头，抱怨变成了欢喜。不再说什么了，跟着向导朝下一个目标进发！

米堆冰川，跛脚马夫

米堆，一个太有诗意的名字，再加上冰川两个字，引人遐想，让人憧憬。

米堆冰川原本是个“养在深山人未识的处女”，1988 年 7 月，这里突然爆发了一场巨大的山洪，洪水裹挟着泥石流滚滚而下，冲毁了附近的村庄、田地、道路、桥梁，川藏线被迫中断半年之久。事后，来此考察的专家发现，在蓊蓊郁郁的深山老林里竟然还藏着一个“冰清玉洁的美人”，一个“雪藏深山的精灵”。由此，米堆冰川揭开了它的神秘面纱，为外界所知。

由于突发事件而引发人们的关注，古往今来不乏其例，比如，丽江古城就是由于 1996 年的一场地震才为人们所知的。

从米堆村前往冰川要经过一段山路，在一名身着破旧长袍的藏族马夫引导下，骑上一匹马，向冰川方向进发。道路曲折，凹凸不平，泥泞不堪，马匹羸弱瘦小，其貌不扬。但老马识途，走路极快，踏着山路上的脚窝，咯噔咯噔，半小时后把我们送到了冰川观景台。一路上，马夫从不主动说话，只顾牵马前行，从他诚挚的目光中可以看出，这是一个忠于职守、本分干活的人，不像有些景点的农民，油嘴滑舌，在为你牵马、背包、撑船的同时，想办法向你讨要小费。

马夫走起路来一瘸一拐，样子看上去十分苍老，我猜想他至少应该在 50 岁以上，但通过手势得知，他今年只有 40 岁。青藏高原海拔高，生存环境恶劣，藏族人的健康状况普遍不佳，容易显老，常常让人猜不准真实年龄。在然乌湖畔，我遇到一个老太太，手拄拐杖，弓腰驼背，满脸皱纹，令人想到罗中立的那幅《父亲》油画。她自称今年 75 岁，但村里人说，她最多也就 60 岁，她多说岁数的目的是为了让人们尊重她。

我对冰川一直很陌生，来米堆之前，只在梅里雪山脚下看过一次明永冰川。那是一条长长的、发源于卡瓦博格峰的冰川，冰舌一直延伸到澜沧江边，海拔高度从 5000 多米落到 2000 多米，规模和气势令人震撼。不过给我的感觉，这条冰川看上去很脏，与想象中的差距太大，令人失望。

地理学家将冰川分为大陆性冰川和海洋性冰川两种，前者主要分布在青藏线上，其特点是冰清玉洁；后者主要分布在川藏线上，其特点是“灰头土脸”。按照单之蔷先生的比喻，前者是“冰清玉洁的美人”，后者是“挥汗如雨的码头工人”。明永冰川位于滇西北，接近川藏线，属“码头工人”之列，即“灰头土脸”的那种。

然而奇怪的是，米堆冰川虽然也位于川藏线上，属于海洋性冰川，但给人的感觉却是“冰清玉洁”，看不出它是在“挥汗如雨”。

时近中午，巨大的冰面在阳光的反射下熠熠生辉，甚至有些耀眼，这时才发现，忘记带墨镜了，好在逗留的时间短，否则极易灼伤眼睛。与其他冰川不同，米堆冰川的末端深入到了山下的阔叶林中，皑皑冰川与郁郁森林交相辉映，散发出迷人的光芒。地理学家称这种森林与冰川共存的现象为“冰川雨林”，在国内极为罕见。

古乡人家，工布女子

林芝有西藏“小江南”之称，沿帕隆藏布江西行，海拔渐低，植被渐多，云杉、杨树分列道路两旁，一片片的山桃花和一畦畦的青稞在几何形雪峰的映衬下，绚丽多彩，美得令人炫目，令人着迷。

微风吹过，带来阵阵清香，太阳照在身上暖洋洋的，几天来的寒意须臾间被驱散了。在波密古乡找到一家青年旅社，在一间用木板搭起来的简易淋浴间冲过热水澡后，大家不约而同地聚到院子里，享受午后暖暖的阳光。

老板的口音一听就是四川人，他说已经过来 20 年了，这里气候温和，海拔才 2300 米，适合树木和作物生长，青稞长得格外旺盛。他在开旅馆的同时，还种了几亩天麻和菌类，效益不错。谈到当地的藏族人，他对

我们说，这里的工布藏族人诚实淳朴，很好相处，很多四川人入藏后，第一站就来这里落脚。

“我们这里是‘四川省’林芝地区波密县。”老板的幽默引来一阵哄堂大笑。

青年旅社条件简陋，但价格便宜。老板娘厨艺绝佳，尤其是那道川味的藏香猪肉炒青葱，让人赞不绝口，至今想起来还忍不住要流口水。听说我不吃辣的，老板娘又特意炒了个鸡蛋西红柿，看上去油汪汪，吃起来香喷喷。

还没到旅游旺季，游人寥寥无几，但墙上挂的藏地旅游信息和背包客们的涂鸦都在显示，这是川藏路上的一个重要休整基地。果然，就在我们吃晚饭时，吵吵嚷嚷地闯进来几个年轻的骑行者，小院里的气氛顿时热闹起来。一个学生模样的女孩掏出笔记本电脑，查找信息，几个驴友围过来七嘴八舌讨论下一段行程。

次日清晨，在向导的带领下，继续沿帕隆藏布江西行，寻找美景。

天空湛蓝，没有一丝灰尘，更不知什么是雾霾。西藏天空的蓝是无法用语言来描述的，抬头仰望，澄静如

驴友园地，藏地信息

洗的天空上飘着几缕白云，似乎伸手可及，让人感动不已。几头黄牛在村头安详地觅食寻草，偶尔抬起头来，哞哞叫上几声。

还有什么能比这更令人向往的呢？人的需求，其实很简单，一所房子，几亩薄田，一缕清风，几片白云，足矣。

3 月底 4 月初，是林芝桃花盛开的季节，村庄田垄掩映在片片桃树林中，风吹树动，桃花叶片飘飘洒洒落入河中，随着河水慢慢飘逝，让人体验桃花流水的意境。

如此美景，让人心醉，几个人跑前跑后，狂拍不止。回来后，我从众多照片中精选出一张，取名“林芝风光”，提供给所在单位办的刊物，被用在了封面上。画面中，青稞、桃花、松林、雪山，蓝天、白云，由近至远，层次分明，色彩丰富，引来众多同事的钦羡和问询。

“扎西德勒！”从一个叫巴卡的村寨穿过，一位藏族男子站在木屋凉台上向我们打招呼，我们也回报以同样的祝福。走过去聊聊，发觉这个藏族男子的汉语说得很好，原来，他以前在外面打过工，这几年旅游热，于是就回到家乡开起了家庭旅馆。他告诉我们，这里住的都是工布人，他们村子有 30 户人家，200 多口人，主要种植青稞、小麦、苞谷、土豆和油菜，虽说种地有补贴，但相比之下，搞旅游更赚钱。

正说着话儿，他的媳妇戴着围裙从屋里走了出来，为我们端上一壶茶，男主人乘机说他要出去运木料，让她媳妇陪我们继续聊。

憨厚质朴的工布女子

工布女子虽不善言辞，但憨厚质朴，笑容可掬，不住为我们续茶。聊天中得知，她有三个孩子，都在县城上学，她家有 20 亩地，养了 10 头牛，5 头猪。工布人主要吃牛肉，猪肉吃得不多，不养鸡鸭鹅，不吃鱼和蛋。“活太多，忙不过来，老得请人帮忙。”说完，她竟孩童般咯咯咯地笑了起来，笑声在空旷的山林中显得格外清亮。

看看时间差不多了，起身与工布女子告辞，但又觉得意犹未尽，于是我小心翼翼地问，能不能给她照张相？工布女子非常爽快，一口答应，于是，她的那份灿烂的笑容伴着她那份淳朴的天性就永远定格在了我的镜头中。

过通麦天险

沿帕隆藏布江西行，远处是白皑皑的雪山，近处是翠绿的青稞和金黄的油菜，空气清新，人迹稀少，行走路上，如同行走画里。

但好景不长，没走多久，就到了川藏线上的“肠梗阻”——通麦天险，开始了一段惊心动魄的旅程。

提起通麦，走过川藏线的人都会不寒而栗。2000年4月，易贡发生特大山体滑坡，易贡湖大坝决堤，洪水倾泻而出，将钢筋水泥浇筑的通麦大桥和附近公路悉数冲毁，川藏南线中断达半年之久，林芝、波密、墨脱三县90多个乡成为与世隔绝的孤岛。2013年8月2日，修复后的通麦大桥又一次垮塌，两名驾驶货车的村民由此通过，连人带车一起坠入河中。一对江苏来的年轻背包客为追求浪漫和刺激，不听村里人劝阻，月光出行，结果有去无回。

似乎要给我们这些初来乍到者一个下马威，车子刚到通麦兵站就走不动了，前面传来消息，说断路了，正在抢修，什么时候能通车还不知道。一声叹息后，司机在车里打起了瞌睡，我把包里的旅行指南翻出来，百无聊赖地打发起了时间。

一个小时过去了，前面还是没有动静。下车，随意走进路边一家杂货铺。“通麦路况不好，雨季一到，路说断就断。”说话的是店主，一位六十开外的老人，面容枯槁，满脸沧桑，身披一件略显破旧的黄军装。他从锅里捞出一碗带菜叶的面条，坐在地桌旁，边吃边说。

谈起往事，老人叹了口气，他 1967 年从四川过来修路，等路修好后就留下来养路。80 年代差一点回老家，当时上面提出藏族人自己管理自己，西藏的汉人按计划分三批撤回内地，他被列入第三批名单，但没想到汉人内撤过程中出了很多事，结果到第二批时，这个政策就被叫停了，于是他和老伴留了下来，一住就是 30 多年。

“四川人多，不好找活，这里气候好，庄稼好种，再做点小生意，也不错。”老人点上一根烟，操着一口浓重的四川口音说。

起身告辞时，老人又发了一个牢骚，“这里本来环境很好，可现在垃圾到处扔，没人管，乡里对这个问题不重视，提了多少次也不管用，这样下去怎么得了？”老人愤愤地说，声音中带着不满，也带着几分无奈。

两个小时后，前面的车子终于开始慢慢蠕动了。

眼前的通麦大桥是一座双塔双跨悬索桥，属临时保通性工程，桥两端有武警战士守护，不能停车，不准拍照，每次只限一辆车通过。车子驶上桥面，明显感到铁索桥在颤动。由于经常从事户外活动，我步行走铁索桥的经历很多，但坐在车上过铁索桥还是第一次，以前是人在桥上晃，现在是连人带车一起在桥上晃，平添了几分刺激。

过了通麦悬索桥，前面就是川藏路上被称为“悬路”的通麦天险，这段路说长不长，加上前面的排龙天险，一共只有 14 公里，但这一段地质构造极不稳定，一到雨季，塌方泥石流说来就来，常跑川藏路的司机最怕的就是这一段。

车子刚刚吃力地爬上一个陡坡，只听“啪”的一声，一块碎石从山顶飞落而下，重重地砸在前车盖上，几位女士顿时惊叫起来。有惊无险，事后检查，老天对我们很照应，只在车盖上留下了一个深深的印记。如果这块飞石的个头再大一点，亲吻越野车的位置再偏后一点，没准就会要了我们几个人的小命。

这段道路开凿在悬崖峭壁上，很多路段是横向凹进山体里的，路边垂直下去就是咆哮的帕隆藏布江，无论是谁，只要往下看一眼就会惊恐万状，毛骨悚然。对司机来说，最难的是错车，由于弯多路窄，很多地方只能允许一辆小车通过，遇到对面来车，必须提前靠边避让，搞不好就有掉下去的可能。向导说，她的一位同事去年夏天带人由此通过，结果3辆越野车都翻到了河里，无一人生还。听了向导的话，谁也不吱声了，只能祈盼老天保佑。

车子行驶在颠簸不平的山路上，感觉就是四个字：揪心、紧张。显然，这里不适合通行，但路伸到了这里，必须由此通过。好在司机小刘路况熟悉，车子给力，终于，40分钟后，通麦天险被我们抛在了身后。

沿途看到，四个隧道和一座大桥正在修建，对进藏旅人来说，最高兴的事情莫过于此。隧道和大桥一旦修通，通麦天险将成为历史，天险变坦途，真心盼望这一天的到来。

又尝石锅鸡

终于，车子驶上了柏油路面，车上人这才醒过神来，长长地舒了一口气。

李贤站起身来，兴奋地说："我们已经顺利通过了川藏线上的最大天险，接下来，应该庆祝一下，去品尝一下林芝的石锅鸡，压压惊，还可以治高原反应……"话音还没落地，车上人就欢呼雀跃起来。

说起林芝的石锅鸡，我忍不住要流口水。2010年我第一次来西藏时，跟的是一个旅游团，吃得很差，牦牛肉硬邦邦，根本咬不动，驴友们一路抱怨不停。导游是个爽快的藏族女孩，她觉得有点过意不去，到了林芝，特地请我们吃了一顿地道的石锅鸡。自那开始，才知道西藏不光有青稞酒、酥油茶、牦牛肉，还有美味的石锅鸡。

如今林芝的鲁朗镇已经建起了石锅鸡一条街，街道两旁饭馆遍布，招牌林立，别的没有，专卖石锅鸡。来到“何大妈特色石锅老店”，还没进屋，就闻到一股浓浓的带有药材清香的鸡汤味道。饭桌上，火锅热气腾腾，鸡肉和食材在石锅中翻滚，香味扑鼻，令人垂涎三尺，食欲大开。于是，不等招呼，即刻落座，挽起袖子，敞开胸怀，大快朵颐。

《远方的家一边疆行》曾就鲁朗石锅鸡的做法进行过专门采访，据饭店老板介绍，石锅鸡以当地产的手掌参和藏香鸡为主要原料，配以当归、党参、沙参、百合、莲子、薏米、大枣、姜片等辅料，用慢火炖制而成。如果奢侈一点，还可以在汤里加些松茸，味道更鲜，营养更丰富。松茸是青藏高原上的特产，菌中之王。用这种方法制作出来的鸡肉嫩，有弹性，特别是那一锅浓浓的汤汁，味道鲜美至极，叫人喝了一碗还想再喝第二碗。

在风雨兼程、惊魂未定的川藏路上，能够找个地方小憩一会，敞开胸怀，吃上一顿美味大餐，天南海北侃一通大山，简直就是神仙再世。一生痴绝处，莫过如此。

说来不信，鲁朗石锅鸡好吃的一个重要秘诀竟来自那个黑乎乎的石锅。这种石锅用一种叫作“皂石”的云母石凿成，石材产于雅鲁藏布大峡谷中的墨脱，要靠背夫把石材从峡谷中背出来，再由门巴族人细心凿制，如果心急，皂石就会被凿穿。这种墨绿色的云母石锅，保温性能好，富含镁铁等多种矿物微量元素。

有村民在饭店门口兜售石锅，价格从 1000 元到 5000 元不等，一名内地来的游客在摊位前流连，看样子很想买，可掂了掂分量，只能作罢。

藏族人的饮食非常简单，常常一碗酥油茶，几块糌粑就是一顿饭，这和他们的生活习惯有关，也和西藏大多数地区物资匮乏有关。林芝气候温润，物产丰富，如果没有手掌参和松茸等配料，也难能做出这么好吃的石锅鸡来。

这一顿饭，8 个人点了一个中等大小的火锅，一共花了 380 元，价廉物美，这是此次川藏线之行最难忘的一餐饭。

林芝的河

色季拉山是此行要翻越的最后一座高山，过了这座山就是目的地——林芝市政府所在地八一镇。

天蓝得出奇，站在海拔 4800 米的色季拉山顶，俯瞰山下，八一镇像一颗棋子一样，静静地卧在群山之间。山脚下的尼洋河河床开阔，川藏路如一条曲线在镇中划过，一直伸向远方。

“林芝的河，康定的歌。”从川藏线一路西行，水越来越多，越来越清亮，如果说川藏线前半段的特征是高山峻岭，那么后半段的特征就是水草丰美。这一切，都要归功于西藏的母亲河——雅鲁藏布江。

雅鲁藏布江自西向东流淌，在南迦巴瓦峰下形成一个马蹄形的大拐弯，向南流入印度洋。正是因了这条峡谷通道，印度洋的暖湿气流得以长驱直入，在藏东南形成了一个“西藏小江南”，给人带来了“东方瑞士”般的气候和景色。

我第一次来西藏时，曾两次亲近雅鲁藏布江，一次是在大峡谷，即米林的派镇到直白村那一段，一次是从拉萨前往日喀则的路上，伴随雅鲁藏布江走过一段。这两段有一个共同特点，即江水从窄窄的峡谷中流过，波涛滚滚，浪花拍岸。但这种凶猛的“峡江”地貌只是雅鲁藏布江的一个特征，雅鲁藏布江还有一个特征，就是温柔的“沙江”。什么是“沙江”？这一次，我们就补上了这一课。

从八一镇出发，沿尼洋河谷南行，一路上桃花粉红，青稞泛绿。过了尼洋河与雅鲁藏布江的汇合处，沿雅鲁藏布江东行，映入眼帘的依然是满山满谷绽放的山桃花，河谷两侧是连绵不绝的雪峰，俨然一幅“雪山下的桃花源”景象。然而，更令人惊奇的是，开阔的河谷中，沙洲片片，江水一条条、一道道从沙滩上流过，时而分开，时而合拢，给人一种“沙水相依、河汊纵横”的感觉。

如果不是亲眼所见，真的很难想象，在严酷的青藏高原上竟有这种江南般的景色。看《中国国家地理》得知，这种河形属“辫状水系”，整个雅鲁藏布江就是在“峡谷”和“辫状水系”的交替中流淌的。

向导说，要想亲近雅鲁藏布江，最好的办法就是乘船横渡一次。横渡雅鲁藏布江？听着就让人神往。于是，在派镇政府招待所吃完午餐，沿江边行驶，来到丹娘渡口。所谓渡口，实际上就是岸上一座简易房，江边停放着一条柴油船，除了一对藏族船工父子见不到其他人，让人想起“野渡无人舟自横”来。

船工父子手脚麻利，在他们一声声吆喝中，小刘小心翼翼把越野车开到了船板上。柴油船在“突、突、突”的轰鸣中向对岸驶去，与“峡江”不同，这里的江水是缓缓流淌的，水色碧绿，没有浪花，没有涛声，宁静从容。

弃舟登岸，越野车沿着崎岖不平的岸边土路行驶，伴随我们的依然是那一丛丛浅红色的山桃花，还有江中

丹娘渡口，只有一条船

那一片片的多汊形“辫状水系”。天空湛蓝，江水清清，山花烂漫，穿行其间，如同置身画中。

这种走法不仅亲近了自然，而且也大大节省了成本。向导说，现在的景区门票贵得吓人，如果走陆路，乘景区大巴车由派镇到直白村，一个人往返要 270 元，如果走水路，也就是车进船出，一个人要 760 元。而我们这次自寻野路，只花了一次渡口费用，连人带车一共给了船工父子 150 元。

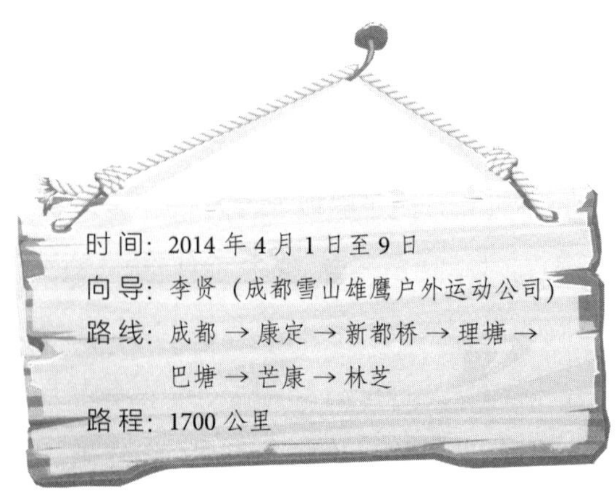

南伊沟，中印边境上的秘境

藏地药王谷

人人都有探秘心理，但秘境不是随处都有，有时候即使发现了，觉得也不过平平而已。然而，在藏南，我们却遇到了一处与众不同的秘境，说它与众不同，是因为它位于中印边境的密林深处，它，就是林芝米林县的南伊沟。

南伊沟有“藏地药王谷”之称，沟谷植被茂密，植物种类有上千种，传说藏药鼻祖宇妥·云丹贡布曾在此采药炼丹，行医授徒，这里遂成为神秘藏医药文化的一个重要发源地。

宇妥·云丹贡布公元 8 世纪出生在藏南的一个御医世家，自幼随父习医，勤奋好学，多次赴天竺、尼泊尔和内陆，遍访名医，搜集民间验方。45 岁时开始著书立说，花费 10 年心血，最终撰成名传千古的藏医学巨著《四部医典》。在藏族人心目中，宇妥·云丹贡布就是他们的“医圣”，相当于汉族的张仲景，而《四部医典》则相当于汉族的《黄帝内经》。

南伊沟之所以能够成为药材植物的重要产地，和藏南得天独厚的自然环境有关。喜马拉雅山自西向东延展到此，突然向北翘起，与舒伯拉岭形成一个喇叭形的通道，来自印度洋的暖湿气流由此长驱直入，给藏南带来了充沛的雨水和湿润的气候。这里是西藏地区唯一能够种植水稻的地方，堪称“西藏江南”。

在沟谷内行走，可见树上挂着丝丝缕缕的胡须，在微风的吹拂下，飘飘摇摇，那就是松萝。松萝从青冈树和松树上汲取营养，等到树的全部养分被吸完，树木便干枯而死，松茸便生长在倒木下面。松萝对环境的要求极高，空气中只要有一点污染便不能存活，目前全世界都不能人工培植。因此，松萝又是环境的检测器，有松萝的地方，就表明这里有极好的生态环境。每年 7 月雨季过后，当松茸一个个从地下冒出头来，发出浓郁的香味，村民们便纷纷背上箩筐，走出家门，上山采摘这天赐的“林下珍馐”。

松茸主要生长在寒温带海拔 3500 米以上的高山林地，是世界上最珍贵的天然药用和食用菌类，具有抗癌之功效。据说 1945 年 8 月日本广岛遭受原子弹袭击后，唯一存活下来的多细胞微生物只有松茸，因而日本人将其视为“神菌”。在林芝，普通的松茸收购价大约为 100 元一斤，而到了日本就要上千元一斤。我在林芝县城品尝过石锅鸡，里面的松茸吃起来味道浓香，口感如鲍鱼，润滑爽口。

南伊沟沟谷幽长，南伊河蜿蜒曲折，从中穿过，沿着曲曲弯弯的木栈道向沟谷深处走去，两侧林木参天，淡黄色的松萝从高大的树杈枝丫间垂下。那些浅绿发白、在微风中摇曳的松萝似乎是在向人们示意，不要匆匆而过，因为下面藏有宝贝。

越往里走，绿色越多，空气越清新，林间草木繁茂，草地上开着各种不知名的野花，发出阵阵幽香，忍不住让人多待一会，大口呼吸，尽情呼吸，享受一下这难得的森林氧吧。

沟谷的尽头，是一片天然的高山牧场，四周群山环抱，云雾缭绕，山林若隐若现，草地上，几匹马儿在悠闲地吃草，一片“天边牧场”景色，如果没有眼前那一杆杆在微风中轻轻晃动的经幡，真的很难想象，这是在海拔 3000 多米的青藏高原上。

密林深处的珞巴族

绿草如茵的山坡上，一幢幢紫红色屋顶的木屋掩映其间，自然美景中多了一丝人文气息，住在木屋里的居民属于我国人口最少的民族——珞巴族。

“珞巴”是藏族人对他们的称呼，意为“南方人”，因为这些人主要生活在藏南地区。珞巴族人的风俗习惯与藏族人不同，他们有自己的语言，没有文字，以畜牧狩猎为生，喜欢吃鼠肉和烤鱼。珞巴男人外出打猎时身跨长刀，背负弓箭，身着皮毛猎装，头戴兽皮帽。女人平时身穿圆领窄袖短衫，下身着紧身筒裙，小腿扎裹布。无论男女，腰部和颈部都挂着厚重的饰物。可以想象，珞巴族人出门前要花费很长时间装扮自己，不像汉人，穿上衣服，戴上帽子就走人。

就在几十年前，珞巴族人还过着刀耕火种、刻木结绳记事的原始部落生活。他们信仰原始巫教，认为乌佑（鬼神）无处不在，家庭所养牲畜都来用于祭祀乌佑，而非食用，一旦哪家举行祭祀活动，就会杀掉全家的牲畜。珞巴村落均设有“公房”，供未婚男女集体居住，他们在谈婚论嫁的同时，还在上年纪人的指导下学习传统风俗礼仪，准备将来自立。

1965 年，经国务院确认批准，珞巴族成为我国少数民族之一，目前在中国实际控制区内人口不到 3000 人，还有超过 60 万人生活在印占区。

近年来，政府为珞巴族人建立了定居点，盖起了新房，很多人从山里搬了出来，开始种地，从事经商和旅游活动，也有一部分人宁愿留在山里，沿袭珞巴族传统的生活方式。

走出沟口，发现一棵大树，枝叶繁茂，树盖如冠。与众不同的是，树干底部粗壮，细看实际上是两棵树，合抱在一起，从上面开始分岔，这就是珞巴族人的“阴阳树”，因树干的两部分酷似男女生殖器且呈交合状态

阴阳树，南伊沟口

而得名。这种神奇的巧合让珞巴族人相信，这就是他们子孙得以繁衍的神树。每逢节日，他们都要围在树下，跳起生殖器舞，祈祷人丁兴旺，香火永续。一对年轻夫妇闻听后，来了兴趣，跑过去与神树合影。

遗憾的是，时间紧张，我们没能走入珞巴村落，只是远远地看见有人在草地上放牧，不时朝我们这边张望几眼。在沟口，遇到几位卖土特产的珞巴族人，从他们的服饰、语言和神态中，可以看出与藏族人没什么区别。

边境趣闻

看西藏地图，不难看到一个奇怪现象，西藏东南地区的错那、隆子、墨脱和察隅几个县面积广大，但没有具体标明下面的行政区，一片空白，与周边密集的地名形成鲜明对比。

为何会如此？中科院地理专家单之蔷在《中国景色》一书中，以“地图上的空白”为题，对此进行了释疑，同时也表达了他的愤慨和无奈。原来，这片区域位于麦克马洪线以南，属于印度实际控制区。南伊沟紧临麦克马洪线，过去一直作为边境地区管理，不能随便进入，成为一处鲜为人知、鲜为人至的秘境。

直到几年前，南伊沟的一部分才作为景区对外开放，但管理仍然很严，进入景区需事先联系备案，外籍人士禁止入内。我们的车子穿过茂密的森林，临近沟口时，遇到一处哨卡，有边防军人在检查过往行人车辆，司机把车停下来，一个小战士引领我们排好队，挨个交验身份证，并将其押在那里，然后才被允许进沟。

说起麦克马洪线的由来，就要追溯它的历史。藏南地域广大，过去，西藏地方政府对这一地区不够重视，疏于管理，再加上鞭长莫及，结果导致英国人通过其殖民地印度这个通道乘虚而入，势力范围不断向喜马拉雅山以北渗透。

1913 年，英印政府外交大臣麦克马洪利诱西藏噶厦政府的代表，背着中国北洋政府，搞了一份划界换文，将边界从印度阿萨姆平原边缘向北推移 150 公里，新边界以喜马拉雅山脊分水岭的连接线作为界线，西起中国不丹边界，东至伊索拉希山口，长约 1700 公里，将原属于中国西藏的 9 万平方公里土地划入英属印度，相当于 2 个多台湾省的面积。划入印度的土地中包括达旺地区，有西藏情歌之王称号的六世达赖喇嘛仓央嘉措就出生在那里。

中国历届政府都未承认过麦克马洪线的合法性，但这条事实上的边界线一直存在。1962 年的中印自卫反击战中，中国军队一路向南推进，将藏南地区几乎全盘收复，后出于战略以及部队后勤补给等多种因素考虑，又撤回到了麦克马洪线以北。

中印边境上的南伊河

南伊河从印度一侧流入中国境内，在南伊沟转了一个不大不小的弯，然后又流回印度境内。河道不算很宽，但水流奔涌，浪花翻腾，一个驴友试图走下木栈道，接近河水，导游厉言警告：千万不可，不久前有游人失足落入水中，结果顺水漂到了印度境内，引起印方抗议，几经交涉才把人领了回来。

边境线上，寸土寸金，寸土不让。中印边界一直存在争议，双方边防军的关系也很微妙。我在《远方的家》节目中看到，记者在亚东口岸采访，边防战士说：印度大兵趁夜黑人静时，将界桩拔起，偷偷向我方移动几公里，我们的边防战士发现后，又将其拔起，插回原地，如此反复，形成拉锯战，对峙中带着几分幽默，让人忍俊不禁。

年楚河畔

江孜古堡，抗英往事

高高的雪山顶上次仁拉索，一朵格桑花开次仁拉索，轻轻传来声音次仁拉索，有我心上的人次仁拉索……

1996年，冯小宁执导的一部《红河谷》让人知道了百年前发生在年楚河畔的一段鲜为人知的往事，也认识了一座建在山顶上的古堡。

1903年7月，由弗朗西斯·荣赫鹏率领的一支近万人的军队从印度出发，经锡金由亚东侵入西藏。荣赫鹏是大不列颠帝国的一位军官、外交家和探险家，皇家地理学会主席，曾任英国驻中国新疆、西藏特派员，熟知亚洲事务，对中国西部边疆尤其感兴趣。

历史上，江孜是亚东通往拉萨的必经之地。1904年4月11日，英国军队接近江孜。英国人原打算在江孜一走一过，但万没想到，他们在这里遭遇到了顽强抵抗，江孜军民挖战壕，筑炮台，借助宗山古堡，用土炮、土枪、刀剑，梭镖、弓箭和乌朵，与英军展开殊死搏斗。就连平日里吃斋念佛的喇嘛也纷纷脱下袈裟，抄起棍棒，加入抗击队伍。

5月上旬的一个晚上，千余军民偷袭英军兵营，差点将英军一举歼灭。英国人被吓怕了，立刻增派援军，将宗山城堡团团围住，用大炮猛轰宗山炮台。在猛烈的炮火攻击下，火药库发生爆炸，英军趁机向山头发动进攻。城堡中的军民在弹尽粮绝的情况下，居高临下，用石头瓦块拼死抵抗，坚持了3天3夜，最终寡不敌众，无路可退，剩余勇士宁死不屈，跳下山崖，壮烈牺牲。

影片《红河谷》的结尾处，由演员宁静扮演的头人女儿丹珠被英军俘获，她站立山头，面带笑容，镇静自若，迎着雪域高原的劲风，用清亮高亢的嗓音唱起了古老的藏族民谣《次仁拉索》，随后引爆脚下的炮弹，与英军士兵同归于尽，这个悲壮凄婉的故事场景不知感动了多少人。

江孜，一个原本萧条冷落的小县城，《红河谷》的上映使它声名远扬，如今由拉萨前往日喀则和珠峰大本营的旅人一般都要顺道在此驻足，了解一下这段令人荡气回肠的历史，感受一下行走在江孜平原上的惬意。

临近江孜县城，老远就能看见一座拔地而起的山包，这就是宗山，山脚下的广场上竖立着一块高大的纪念碑，上书“江孜宗山英雄纪念碑”，当年抗英激战的古堡就建在山顶。沿山坡台阶攀爬，城堡的残垣断壁出现在眼

宗山古堡，抗英遗址

前，还有那些遗留的炮台和战壕。站在山顶，静静呼吸，似乎还能闻到当年战争的硝烟味儿。

一群藏族人在打“阿嘎土”，他们一边劳作，一边唱着有节奏的歌曲，兴趣盎然，动作整齐，步调一致，如同在跳广场舞。不用说，在他们当中，就有当年在这里殉国的烈士后代。100 年过去，有多少人知道当年那气壮山河的往事呢？

江孜是日喀则市下面的一个县，县城坐落在年楚河畔。年楚河，是雅鲁藏布江的一条支流，也就是韩红《家乡》中唱到的那条泛着金波的美丽的河：“我的家乡在日喀则，那里有条美丽的河，阿妈拉说牛羊满山坡，那是因为菩萨保佑的；蓝蓝的天上白云朵朵，美丽河水泛清波，雄鹰在这里展翅飞过，留下那段动人的歌……”

年楚河哺育的后藏与拉萨河哺育的前藏构成雪域高原的两个文明中心。在年楚河的滋养下，江孜平原土地肥沃，气候温和，雨水充沛，庄稼长得格外旺盛，被誉为“西藏的粮仓”。在全西藏，这里出产的青稞品种最好，一直是扎什伦布寺历代班禅的贡品。

站在宗山古堡最高点，映入眼帘的是静静流淌的年楚河和阡陌纵横的农田，绿油油的青稞随风摇曳，黄澄澄的油菜花点缀其中，让人赏心悦目。

三教共存的白居寺

到江孜，必去白居寺。白居寺位于宗山脚下，藏语称“班廓德庆”，意为“吉祥轮大乐寺”。寺院依山而建，以措钦大殿和白居塔为中心，规模宏大，气势雄伟，是后藏地区寺院建筑的典型代表。

白居寺的最大特点是三教共存。白居寺原为萨迦派寺院，后来噶当派和格鲁派相继进入，尽管一度出现过互相排斥，分庭抗礼现象，但最后还是互谅互让，达成协议，和平共处，各教派都可在寺内建“扎仓”，也就是研习佛经的场所。白居寺以宽容博大的胸怀，收纳了互相对立的三家教派，各派之间兼收并蓄、博采众长，这在整个西藏地区是独一无二的。

在全国各地，佛塔到处可见，但白居寺有一座佛塔与众不同，它是由近百间佛堂依次重叠建起来的，这就是有“西藏塔王”之称的菩提塔。塔高 32 米，一共 9 层，有 77 个佛殿和 108 个门，塔内佛堂、佛龛以及佛像总计有十万个，因而又名“十万佛塔”，而它的本名菩提塔人们倒不大提起。藏语称这座塔为“白根乔登”，意为“流水漩涡处的塔”，流水，指的便是年楚河。

屏息凝神，步入殿宇，最吸引眼球的是那些美轮美奂的壁画。壁画题材广泛，涉及显密二宗、佛传故事和本生故事。与西藏地区其他佛教寺庙不同，白居寺壁画在绘画方法上使用了背光法，有舟形、龛形、椭圆形和马蹄形，造型精细、纹样丰富、讲究对称，色彩对比强烈又不失和谐。

1904 年，英军占领江孜，白居寺成为英军营房，他们将寺庙中的珍贵文物和藏经据为己有，将佛堂改为食堂，转经筒被钉上钉子，作为食品输送带之用，寺庙建筑遭到严重破坏。

1977 年，国家拨专款对白居寺进行了大规模修缮，寺庙得以恢复原貌。由于其悠久的历史，华丽的建筑和特殊的宗教价值，还有那些精美的壁画和造像，被列为全国重点文物保护单位。

寺庙临近江孜老街，街上不乏穿梭的观光者、勤快的四川人和悠闲的藏族人。可这还不是全部，在寺庙周围还可以看到很多流浪狗，它们或走或跑，或仰或卧，休闲自在，成为白居寺一景。藏族信众出来转经时，出门前总不忘带上一些糌粑和炒米，用来喂那些寺庙外的流浪狗。看他们喂流浪狗，如同看内地广场上游人喂鸽子，一样的悠闲，一样的友善。

藏族人管这些流浪狗叫放生狗，从不打扰它们，任其四处游荡，在他们心目中，众生平等，他们与这些无家可归的生灵和谐相处，如同朋友。

帕拉庄园，一个财主的发家史

从江孜县城出发，向西南方向驱车4公里，穿过一片绿油油的青稞地，就到了郊外的班久伦布村，帕拉庄园就隐没在这个村落中。

帕拉家族有一段不平凡的发家史，其祖上老帕拉曾奉命到不丹管理寺院，后成为不丹的一个酋长。因不丹内乱，老帕拉遂率500僧众迁返西藏，因功得以受封。老帕拉头脑灵活，善于经营，借助江孜平原这块富庶的土地，通过发展与印度、尼泊尔的贸易，很快积累起巨额财富。

到19世纪末，帕拉家族在江孜、拉萨、白朗、亚东、山南等地已经拥有37座庄园，1万多亩土地，12个牧场，14000余头牲畜，3000多名农奴，成为富甲一方的财主，在后藏显赫一时。

帕拉庄园的土坯围墙用白红黑三色刷成，大门口上方悬挂一块木匾，上书“帕拉庄园”，蓝底金字，用藏、汉、英三种文字标明。几道彩色经幡在大门口上方随风飘扬。院内有一口水井，周边开满了格桑花。主体建筑为三层楼，一层是牲畜和杂物间，二层是仆人房，三层是主人房和经堂。

与一般藏式建筑不同的是，主楼的房檐和窗户上方

格桑花，帕拉庄园

都挂有一溜白色的布幔，象征着主人的高贵和优雅。庄园内的门廊都很低矮，据说这样可以显示主人的权威，不管是谁，都要向主人低头，但还有一种民间解释，说这样可以防止僵尸进入，因为僵尸是不能弯腰低头的，遇到这样的门廊，自然就被挡在了门外。

如果说，从外部看，这座财主庄园多少显得有些土气，那么走入厅室，则会发现，里面雕梁画栋，富丽堂皇，让人想起“藏富不漏”这个词来。引人注意的是，里面还有一个专用玩麻将的厅室，可见主人是很会休闲的。家具陈设大多来自国外和内地，也有西藏旧时的器物，如用人头天灵盖做的金碗和用少女腿骨做的法螺。拿人的骨头做器具，在我们连想都不敢想，更不用说受用，可这在旧西藏却司空见惯，习以为常。

“房间里的东西都是原物，象牙麻将来自四川，酒是威士忌、香烟是印度的，墙上的雨伞、挂钟、保温瓶都是外来货。”讲解员介绍说。

走廊里摆放着过去农奴主惩罚农奴的刑具，如站笼、镣铐、鞭子、牛皮筒等。在农奴主看来，农奴就是牲口，对待他们的手段极为残酷，例如掌嘴、鞭笞、割鼻、断足、剜眼等。每天拜佛修行，对身边人又这样狠，真让人不可理解。

庄园的斜对面是朗生居住的地方，朗生就是农奴，听介绍，在这座仅有 150 多平方米的院子里，曾居住过 14 户农奴家庭，60 多口人。一个个土坯房拥挤、低矮、阴暗，形同牢笼，一个三口之家的房子只有五六平米，凄惨之状，不忍目睹。

1959 年，最后一代庄园主帕拉旺久携家人随达赖喇嘛流亡印度，整个庄园人去楼空，其后被地方政府辟为参观教育基地，如今来江孜的游人在看完江孜古堡和白居寺后，都要顺道来这里参观，既可以了解旧西藏农奴制的历史，也可以欣赏到藏式建筑艺术。

庄园外，大片青稞在宗山灰黄色山体的映衬下显得格外青翠，路边，几名儿童在嬉戏玩耍，一匹马儿在低头吃草。高原晴朗的天空下，万物静寂，那些陈年往事都随着年楚河水流逝而去，唯有这座倾颓的庄园建筑在向人们述说着这块土地上曾经发生的一切。

大凡人要发达起来，头等大事就是置办家产，购地建房，不光是生活和休闲的需要，更是财富和地位的象征。我在四川大邑县看过大地主刘文彩庄园，相比之下，后者规模更大，更气派。但你有没有想到过，刘文彩家族发迹于“天府之国”成都平原，而帕拉家族生活在荒蛮严酷的青藏高原，自然条件相去甚远，社会经济环境更是天壤之别。正因为如此，帕拉庄园的历史和人文价值才显得更加弥足珍贵。

北疆秋色

喀纳斯，变色湖

飞机抵达喀纳斯机场，走出机舱，天空阴云密布，心情不免有些沮丧，导游却笑呵呵地说，别担心，喀纳斯的特点就是这样，时晴时阴，瞬息万变。

车子沿着蜿蜒曲折的山路向喀纳斯湖驶去，秋意渐浓，路边的西伯利亚白桦已经开始变色，而那些欧洲泰加林——云杉、冷杉和落叶松等原始针叶乔木，却依然青翠。来到景区，老天好像故意和我们过不去，不但未见半丝笑脸，反而将霏霏细雨洒到我们的头上、脸上、身上，远处的阿尔泰山时隐时现，近处的喀纳斯湖烟雨迷蒙。

谁料想，坏事变成了好事，在卧龙湾，出现在我们眼前的水面竟是乳白色的，如同牛奶一般，如同人工有意为之。而到了喀纳斯主景区湖边，发现这里的湖水幽暗深蓝，如同海水一般。同一块水域，咫尺之遥，缘何如此？导游告诉我们，这就是喀纳斯湖的神奇之处，它可以随着季节和天气而改变颜色。

欣赏喀纳斯湖之美，需要近观，更需要远望。吃过午饭，来到骆驼峰一处平缓的山坡，沿着木栈道，向制高点爬去。制高点，又叫观鱼台，海拔 2000 米，这里是俯瞰喀纳斯湖的最佳地点。此时，天气接近放晴，山顶云雾缭绕，山坡上松杉葱郁。朝下望，喀纳斯湖水碧绿，犹如镶嵌在山谷中的一块翡翠。

仅仅一天之内，喀纳斯湖就将乳白、深蓝、碧绿三种颜色呈献给了我们，简直不可思议，难怪人称喀纳斯湖是“变色湖”。也许，这就是阿尔泰山区和北冰洋水系的特点。

喀纳斯湖位于阿尔泰山南麓的原始河谷山林地带，在行政区域上属于阿勒泰地区。阿勒泰与哈萨克斯坦、俄罗斯和蒙古国接壤，额尔齐斯河从境内流过，经哈萨克斯坦和俄罗斯，汇入鄂毕河，最后注入北冰洋，喀纳斯湖是额尔齐斯河的发源地之一。这种地理特征给喀纳斯湖带来了充沛的雨水、丰富的植被和变幻的气候，使得喀纳斯湖水瞬息万变，多姿多彩。

与一般人的想象不同，喀纳斯湖的形状不是圆形或椭圆形的，而是带形，呈弯曲状，这条带子长 24 公里，而宽度只有 1 到 2 公里。这种造型给喀纳斯湖带来了一种曲线美。站在高处欣赏喀纳斯湖，犹如欣赏峡谷中蜿蜒流淌的河流。

当地图瓦人传说，湖中有一只巨兽，能吞噬湖中野鸭和岸边牛犊，这些传说和见闻给高山峡谷中的喀纳斯湖增添了一份神秘色彩，引得众人千里迢迢来此寻奇探秘。不过，据科学家解释，所谓巨兽，应当是湖中的一种冷水鱼——哲罗鲑，这种鱼通体红色，体形硕大，性情凶猛。景区管理部门为此专门在骆驼峰山顶建造了一座观鱼台，但至今无人在这个观鱼台上看到过传说为湖怪的鱼。

利用传说吸引游人，制造神秘气氛和兴奋点，是旅游部门常用的营销手段，对游人来说，出来就是为了放松心情，顺便寻寻幽，猎猎奇，来点刺激和惊喜。湖北神农架传说有野人，但同湖怪传说一样，很少有人看到。2013 年，我利用“十一”长假去了趟湖北武当山和神农架。在神农架的山岩树木间行走时，突然，听得大树

如奶油般流淌的卧龙湾

后面传来一声吼叫，紧接着，窜出一个张牙舞爪的“野人”，众人吓得躲闪惊叫，待“野人”掀开头罩，发现是个和气腼腆的帅小伙儿，惹得大家哈哈大笑。

湖光山影，清新空气，多彩树林，不仅使喀纳斯成为摄影人的最爱，也成为徒步爱好者的向往之地。喀纳

斯有两条线路被评为“中国最美徒步线路”，一条是东线，即贾登峪－禾木－黑湖－喀纳斯湖，全长 30 公里；另一条是西线，即白哈巴－那仁牧场－双湖－喀纳斯湖，全长 31 公里。我有一位广东朋友，几年前特地飞到喀纳斯，用两天时间徒步走完了西线，我问他感觉如何，他的回答就三个字：“爽极了！”

图瓦人，旱獭乐队

阿尔泰山脚下居住着一个特殊的群落，这就是图瓦人。

图瓦人是蒙古族的一支，据专家考证，他们是成吉思汗西征时留下的后代。村里也有些老人说，他们的祖先是 500 年前从西伯利亚迁移而来的，与俄罗斯的图瓦人同属一个民族。目前国内的图瓦人总数不到 2000 人，主要分布在阿勒泰地区的禾木村、喀纳斯村和白哈巴村。

随着旅游热的兴起，原本与世隔绝的图瓦人与外界有了联系，图瓦人的生活方式也发生了变化，他们在从事游牧和狩猎的同时，也办起了旅游。据说旅游旺季时，一个从事家访的农户一个月可有 10 多万元的收入。

随之发生变化的是图瓦人的文化生活。《远方的家—边疆行》第 75 集中，记者到喀纳斯村采访，偶遇一支图瓦人乐队，三个小伙子中，年纪最小的阿木尔达拉只有 18 岁，正在上高中。他们的乐器非常简单，一把楚吾尔、一把托布秀尔，一把吉他。队长迭力克告诉记者，他们的乐队名叫旱獭组合，接下来，他们现场演唱了一首《思念故乡》，纯粹的呼麦发声。

呼麦是蒙古族人传统的发声方法，即用喉咙同时发出两个声部。一个喉咙能够同时发出两种声响，让人不可思议，不知他们是怎么练出这个技能来的，抑或是他们的生理构造天生与汉人不同？让人感到新奇的是，他们的乐器中夹杂了明显的摇滚味道，引起记者的极大兴趣。

据介绍，迭力克会四种语言：汉语、蒙语、图瓦语、哈萨克语，对网络、微信、QQ 这些现代化技术手段驾轻就熟，他除了担任乐队组合的队长外，还充当图瓦人家访的讲解员，是当地的明星级人物。

巧的是，我们那天晚上在贾登峪山庄吃饭时，导游请来了一支乐队，走近一看，正是电视上看到的旱獭组合。还是那三个小伙子，还是同样的装束，还是那三样乐器。随着乐声的响起，主唱手那低沉沙哑的声音传入耳中，让人感受到草原的辽阔和蒙古族人的豪放。

演出结束后，我上前与队长迭力克交谈，告诉他，我在《远方的家—边疆行》节目中看过他们的演出，他听后非常兴奋，如同找到知音一般。“我们的节目在中央四台播出后很受欢迎，很多人一来到喀纳斯，就点名要看我们的演出，现在每天忙得不可开交。”迭力克高兴地说。

迭力克说，他们已经报名参加年内举办的中国青年歌手大奖赛，能不能获奖不重要，重要的是要让世人了解图瓦人，了解他们的文化，特别是要让人们知道，图瓦人不仅仅是原始的代名词，他们还有现代的东西。合影时，他一只手搭在我的肩膀上，一只手举在胸前，用食指和中指做出一个V字形的手势，一脸的信心与自豪。

我不知道他们后来是否获了奖，但他们的那份纯真，那份淳朴，那份对图瓦文化的执着，一直长留在我的心里。

走进禾木村，可以看到一幢幢用原木搭成的小木屋，这就是图瓦人的住房，这些小木屋均为人字形尖顶，下面有一截埋在土里，有点类似东北的地窖子，这样做的目的是抵御冬天的寒冷。这些小木屋被围在一道道木栅栏里，栅栏外面堆放着一垛垛的牧草，几只牛羊在安详地觅草，一切都显得那样温馨宁静。

一条清澈见底的小河从村头潺潺流过，走过一座古老的木桥，来到河边，大大小小的砾石中竟长出了一棵棵碗口粗的白桦树，几位身着户外运动服装的游人在岸边采风，清澈的河水、白色的树干、黄色的树叶、多彩的衣着，一幅绚丽多姿的图画在禾木河畔铺展开来。

禾木村，大地上的图画

走上一座不算很高的山坡，禾木村的景色尽收眼底。山间云雾缭绕，在青山的环抱中，图瓦人的小木屋星星点点散落村中。晨光中，几缕炊烟从木屋上袅袅升起，眼前的禾木村静谧祥和，美如童话，令人沉醉不已。

哈萨克，一个且行且吟的民族

在禾木村，除了能看到一幢幢由原木垒成的图瓦人小木屋外，还能看到一顶顶白色的毡房，只不过这些毡房与小木屋不在一起，大多坐落在如茵草地或平缓的山坡上，周边偶尔可以看到一些散落的马匹和牛羊。

住在毡房里的主人就是世代生活在阿尔泰山脚下的古老游牧民族哈萨克族。

哈萨克族是名副其实的“马背民族”，他们对马有着特殊的感情，生活中的方方面面都离不开马，哈萨克族有句谚语：“英雄靠骏马，飞鸟凭翅膀。”

叼羊是哈萨克族牧民传统的竞技活动。叼羊活动开始前，牧民们会将一只宰好的两岁小羊放在草地上，一声令下，数十名骑手就会像离弦的箭一样飞奔过去，他们时而聚集在一起抢夺，时而冲出重围，你追我赶。获胜者将夺到的小羊丢在谁家毡房门口，就预示着谁家福运来临，于是这家人会将小羊煮熟，置备酒菜，款待众人，如同过节一般。

哈萨克族的毡房，炊烟袅袅

“我愿她拿着细细的皮鞭，不断轻轻打在我身上。”这是西部歌王王洛宾对哈萨克族青年男女“姑娘追”场景的描写。每当繁花似锦的夏季来临的时候，哈萨克族牧民就会举办“姑娘追”活动，一群青年男女骑马并行，小伙子可以随意向姑娘说俏皮话、开玩笑，此时的姑娘只能默默忍受。到达指定地点后，小伙子要机敏地甩掉姑娘往回跑，这时姑娘会放马追赶，一边追，一边用皮鞭抽打前面的小伙子。如果姑娘喜欢这名小伙子，就会虚晃几下皮鞭，或者轻轻打在小伙子的背上。若是不喜欢，就会狠狠抽上几皮鞭，以此来惩罚他刚才的过头言行。

哈萨克族牧民能歌善舞，并且能够即兴赋诗，每一个姑娘都能跳出美丽的舞姿，每一个小伙都能弹出动人的音律。阿肯是草原上的诗人和歌者，他们抱着冬不拉，即兴演唱，吟游四方。有一种说法，世上走路最多的是哈萨克族人，世上搬家最勤的也是哈萨克族人。哈萨克族牧民每年都要随着季节的变化，赶着牛羊在春夏秋冬牧场中迁徙，他们称之为“转场”。在长途的跋涉中，歌声就是哈萨克族牧民最好的陪伴。

每年七八月份的时候，哈萨克族牧民就会身着盛装，骑着骏马，从四面八方赶到鲜花盛开的夏季牧场，参加阿肯弹唱会。夜晚来临时，哈萨克族牧民会围着篝火，弹起冬不拉，边唱边跳，等到唱累了跳累了，就坐在地上大碗喝酒，大块吃肉，常常通宵达旦，乐而忘返。

在新疆民歌中，我最喜欢的是哈萨克族民歌《都达尔与玛利亚》，这首歌也是由王洛宾改编的。此前，我在乌鲁木齐二道桥大巴扎上听过这首歌，但那次距离舞台较远，场景、灯光又很现代，感觉不到歌曲表达的意境。

在喀纳斯村，我们有幸参加了一场篝火晚会，欣赏到了哈萨克族牧民原汁原味的阿肯弹唱，几名哈萨克族青年男女怀抱冬不拉，围着火堆，唱起了动听的《都达尔与玛利亚》：

可爱的一朵玫瑰花，
赛蒂玛丽亚，
那天我在山上打猎骑着马，
正当你在山下歌唱，
婉转如云霞，
歌声使我迷了路，
我从山坡滚下，
哎呀呀，
你的歌声婉转如云霞。
……
今天晚上请你过河到我家，

喂饱你的马儿带上你的冬不拉，
等那月儿升上来，
拨动你的琴弦，
哎呀呀，
我俩相依歌唱在树下。

歌词充满诗意，歌声优美动听，歌中依然离不开他们心爱的马儿。

柴达木的月亮

青海道，吐谷浑

几次来青海都是绕着青海湖打转转，这次决定走一条新线路，深入柴达木盆地，三天的时间，能走多远算多远。

在西宁包了一辆车，一大早从市区出发，很快就驶上了 109 国道，也就是著名的青藏公路。刚刚下过一场小雪，从车窗望出去，道路、草场、山坡一片洁白，路边不时有漂亮的藏族民居闪过，五颜六色的经幡在风中猎猎舞动，偶有几只牛羊在低头啃食裸露的干草，白茫茫的大地一片空旷沉寂。

西行430公里，到达察汗乌苏镇，都兰县城的所在地。在偌大的青海版图上，都兰是个默默无闻的小县城，可有谁想到，1700年前，它曾是强大的吐谷浑王国的政治、经济、军事、文化中心，据专家考证，它也曾作为吐谷浑的都城而存在过。

史料记载，吐谷浑人来自东北边疆，本是辽东鲜卑族的一支，公元四世纪，由于内部纷争离走他乡，历经30年之久，经蒙古高原辗转迁移到青海南部草原。公元329年，吐谷浑人在征服原住民羌人和氐人后，以青海湖为中心建立了自己的王国，逐渐强大，成为中原王朝的心腹之患。公元609年，隋炀帝西巡，大败吐谷浑，但没过多久，吐谷浑又恢复元气，活跃起来。

唐代边塞诗人王昌龄在《从军行七首》中写道："大漠风尘日色昏，红旗半卷出辕门。前军夜战洮河北，已报生擒吐谷浑。"从中不难看出当时战事之激烈。一个地处偏远、刚刚建立不久的少数民族政权，敢与强盛的中原王朝作对，可见这些东北人的后裔还是有些胆量和实力的。

直到公元663年，吐谷浑为来自青藏高原南部的吐蕃所灭。前后算起来，吐谷浑政权存世334年，其寿命远远长于西夏、契丹等北方少数民族政权。在其后漫长的岁月里，吐谷浑人与吐蕃人结合，形成安多藏族人和土族人。如此说来，现在青海境内的安多藏族人和土族人有东北人的血统，这还是第一次听说。

我在地摊上淘到一套《丝路新发现》DVD 光碟，反复看过几遍，据专家考证，魏晋南北朝时期，经河西走廊的丝绸之路由于战乱中断，祁连山和青海湖以南的青海道兴起。青海道从西宁出发，经德令哈，穿越柴达木盆地，至茫崖，进入新疆境内，一直通往中亚。

都兰古墓中出土过数量众多的中原丝绸，还有东罗马和波斯银币。一块彩绘棺木上，绘有中原人、粟特人和波斯人的形象，这表明，当时的青海道是相当繁荣的。纽约大都会博物馆存有都兰出土的丝绸，精美异常，令西方人赞叹不已，显然，这些文物是通过走私途径运出去的。

在察汗乌苏镇，我见到了老康。老康是土生土长的都兰人，听说我对吐谷浑历史感兴趣，轻车熟路地把我们带到了尚未完工的“吐谷浑吐蕃文化中心”。

一个展柜里，陈列着一块精致的丝织地毯，上面绣着四匹马，两匹一组，昂首相对，前蹄抬起，做腾跃状。不用说，这就是当年驰骋祁连山南麓的良种马——青海骢，这种马高大健壮，善走对侧步，奔跑起来速度极快，当年自蒙古高原一路冲杀过来的吐谷浑人就是骑着这种

“走马”，征服羌人和氐人，获得栖身地盘的。唐代，吐谷浑人用青海骢向中原进贡，大受欢迎。

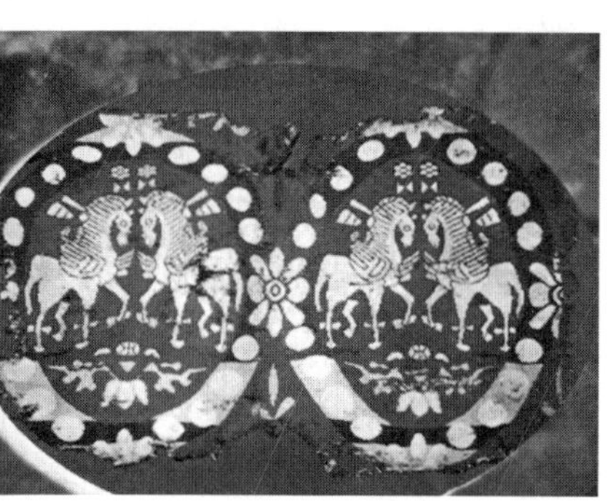
带有青海骢图案的丝织地毯

展馆文物不多，但样样珍贵，从中可以看出当年吐谷浑王国的繁荣，还有它在丝绸之路上的地位。展厅门口处有一顶营帐，讲解员说，不久前十世班禅在赶赴都兰香日德途中，曾在这顶营帐中休息过，常有虔诚的藏族信众来此膜拜班禅大师用过的器物。

雪后的察汗乌苏小镇空气清新，白云如棉絮般丝丝缕缕铺展在蓝色的天空幕布上。车轮碾着薄薄的积雪，沿着一条近乎干涸的河谷行进，很快就到了热水乡。吐谷浑“血渭一号大墓”就坐落在村旁的山脚下。

山谷空旷清冷，四下寂静，大地洁白，偶尔露出的几丛枯草似乎是在显示，这里也是有生命的。一个中年男子打着哈欠，无精打采地挪着步子，走出简易木板房，见到我们，脸上现出几分惊异，夹杂几分警觉。看看我们的打扮和胸前挂的相机，不像是明火执仗的。待问清来意后，男子脸上的表情松弛下来，摆了摆手，说：“看吧，随便，不要票。”接着又自言自语：“这里没人来，几天见不到一个人影。”说完，又回屋睡觉去了。

大墓一看就知道是好风水：坐北朝南，依山面水，两条山脉分别从东、西两侧围拢过来，从正面看像一个“金”字，大墓对面则是一条开阔的河谷。墓室主人的身份尚无定论，据推测应为唐代早期吐谷浑王室的墓葬。该墓葬的发掘成为 1996 年全国十大考古发现之一。

墓堆用泥土和石块垒成，上下相隔 1 米左右便有一层排列整齐的柏木，墓葬共有 9 层，当地牧民称其为“九层妖楼”。柏木生长缓慢，材质结实，不易腐烂，我在墓壁下的雪地上拾起一根横落下来的柏木，用手量了量，足有碗口粗细，据说这样的柏木生长期应当在 200 年左右。

荒凉的柴达木盆地何来柏木？专家考证，1000 多年前，柴达木盆地温暖湿润，林木茂盛。在蒙古语里，都兰是“温暖”的意思，距今 3000 年的诺木洪人类文化遗址就位于都兰境内。如今的柴达木盆地荒凉一片，想必和吐谷浑人缺乏生态环境保护意识有关。

做客诺木洪农场

告别“吐谷浑”，继续向柴达木盆地深处驶去。

很多人以为，到了青海就是到了青藏高原，实际上，按照《中国国家地理》的说法，青海处于我国三大自然区域的交汇处，有“三副面孔”：从西宁到青海湖，即河湟谷地，是东部季风区，地貌上属于黄土高原；从青海湖西缘到昆仑山口是柴达木盆地，属西北干旱区；从昆仑山口到拉萨才是青藏高原，属高寒区。

柴达木盆地有类似塔里木盆地之处，都处于西北干旱区，以沙漠、戈壁、雅丹、红柳、胡杨为特征，不同之处在于，塔里木盆地以沙漠为主，广阔无垠的塔克拉玛干沙漠横亘其中，而柴达木盆地则以一望无际的戈壁荒滩为主，这就给种植业创造了条件。

接近诺木洪，朋友小何说，他有个西宁的朋友在这里创办了一家枸杞子农场，不妨去参观一下。

小何的朋友姓徐，年轻时当过兵，后来当了公务员，由于厌烦城市的嘈杂拥堵环境，多年前辞职下海，来到荒凉的柴达木盆地，自办农场，种起了枸杞。

老徐略显清瘦，不修边幅，风趣健谈，从他嘴里说出来的话，让人爱听。他边为我们沏茶，边说，这一带过去都是盐碱地，长满了梭梭、红柳等低矮植物。大炼钢铁时，人们头脑狂热，把梭梭和红柳连根拔掉，一股脑送入“太上老君”的炼丹炉，当作柴火烧掉了。结果，炼出来的都是一块块大铁砣子，既不中看，又不中用，也不知为的啥。

这些年，政府号召绿化，鼓励种植，炼钢厂被迁走。

柴达木盆地地势平缓，光照好，昼夜温差大，适合枸杞生长，而且果实汁浓味甜，品质比宁夏的好。他 2010 年来这里承包了 6000 亩地，现在已经种下了 3000 亩，全部都是黑枸杞。

“我是走黑道的。”老徐吸了一口烟，幽默地说。

按照老徐的说法，黑枸杞对光照、土壤和水的要求高，不易存活，因而产量低，但其营养和药用价值要远远高于红枸杞，有“滋补软黄金”之称。黑枸杞含有丰富的花青素，这是红枸杞没有的，而花青素有很好的美容养颜、护眼明目、安神助眠、预防癌症等作用，因而，黑枸杞的价格要比红枸杞高出好多。

老徐给我们算了一笔“红与黑”的账：他种的黑枸杞每斤成本在 20 元，卖给中间商 40~60 元一斤，到了市场上价格要几百元，是红枸杞的 10 倍。

老徐的话让我想起几年前的宁夏之行，那次是由银川前往六盘山的路上，路过黄河岸边的中宁时，看到路边有枸杞果园，几位头戴花格围巾的回族妇女正在地里采摘枸杞，于是停下车，过去看看。

园中的枸杞都是红色的，果实累累，粒粒饱满。一位果农边摘边说，中宁的枸杞是宁夏最好的，不信你们尝尝。我学着她的动作，摘了一把枸杞红果，放到嘴里嚼一嚼，果然很甜，而且比市场上卖的新鲜。

如今听了老徐的一席话，才知道青海柴达木盆地也盛产枸杞，而且盛产比红枸杞要名贵许多的黑枸杞。

夜色悄然降临，戈壁滩空旷寂静，老徐留我们在他的简易工棚里吃饭。席间，踌躇满志的他又跟我们谈起了生意经，“西部生态环境好，污染少，瓜果受欢迎，眼下政府对农业种植有补贴，利润空间大。”老徐慢悠悠地吸上一口纸烟，淡淡的烟雾在他头顶弥散开去。

除诺木洪的枸杞农场外，老徐还在内蒙古包头创办了一家苜宿种植农场，在新疆库尔勒创办了一家大枣种植农场。不过，老徐说，与宁夏中宁相比，诺木洪一带取水比较困难，附近没有水源，需要打井取水，而中宁濒临黄河，水源丰富，取水容易。

走出工棚，四下静谧，夜空中繁星点点，一轮明月高悬天际，在空旷的戈壁滩上显得格外圆润皎洁。想起作家浩岭的一段话：要弄懂柴达木，就要去看月亮，读那月光，仔细地读，仔细地品，因为这轮明月目睹了柴达木盆地亿万年的生态变迁，目睹了戈壁滩几千年的人世故事……

青藏路，将军楼

格尔木是与一位将军的名字联系在一起的，他，就是有“青藏公路之父”称号的慕生忠少将。

静静流淌的格尔木河畔，矗立着一座灰色的二层小楼，旁边有一溜灰色平房，这就是当年的青藏公路建设指挥部和将军楼。当年，慕生忠将军就是在这里指挥他的筑路大军完成青藏公路格尔木至拉萨段建设的。

西藏和平解放初期，内地通往西藏没有像样的道路，身为西藏运输总队政委的慕生忠两次赶着骆驼，沿着牧人踩出的荒道，穿越柴达木盆地，翻越昆仑山和唐古拉山，过羌塘草原，将物资运往拉萨。高寒缺氧的青藏高原让运输队吃尽了苦头，2 万多头骆驼和 30 多人丧生。

修建一条由青海通往西藏的公路成了慕生忠朝思暮想的大事。一天，他听一个民工说，在香日德西面有一个叫“噶尔穆”的地方，军阀马步芳曾在那儿修过一条简易公路，由那儿去西藏最近。慕生忠听后眼睛一亮，马上组成探路队，前去寻找。茫茫戈壁，人烟渺茫，士兵们一路争论到底哪里是“噶尔穆”，慕生忠听后，把铁锨往地上一插，以军人的口气甩出硬邦邦的一句话：“帐篷扎在哪儿，哪儿就是噶尔穆。”

这个后来被称为格尔木的“帐篷村”成了慕生忠筑路大军的大本营，他在格尔木河畔建立起简易的筑路指挥部，率领士兵和民工开始了艰难的修路工程。

柴达木盆地的星空是迷人的，但地上也有数不清的“灯火”在闪烁——那是狼的眼睛，筑路大军的到来让这些闪烁的“灯火”退避三舍。寂静的戈壁荒滩从此有了生气，有了活力，在叮叮当当的锤凿声中，格尔木至拉萨 1200 公里的道路仅用 7 个月的时间就被打通了。

1954 年，青藏公路和康藏公路同时通车，结束了西藏不通公路的历史，格尔木由此也成了西藏的一个后勤补给基地。走在格尔木市内的街头上，到处可见西藏的各种办事机构和物资储运站，身边不时闪过一辆辆载满物资的军车。

格尔木街头的藏羚羊雕塑

过去，由青海方向进藏主要走青藏公路，2006 年，青藏铁路通车，从此山不再高，路不再遥远，很多人选择乘火车进藏，但也有很多驴友宁愿走老青藏公路，为的是体验沿途美景，民俗风情，寻找那份刺激。由于近年来进藏游人暴增，青藏公路承担的任务不但没有减少，反而比以前更繁忙了。

沿青藏公路行走，一路可以听到很多有趣的地名，如风火山、不冻泉、可可西里、开心岭、沱沱河等，据说这些名字都是慕生忠将军给起的。

说来有趣，慕生忠是陕北人，普通话说得不标准，报务员在发电文时，有些词听不懂，结果写走了样。比如可可西里，慕生忠说的是“霍霍西里”，报务员写成了“可可西里”；沱沱河多沙，人走到河边，鞋子立刻被湿软的沙土埋住，等拔出来时，脚面如同戴上了鞋套，慕生忠称其为“套套河”，而报务员却写成了“沱沱河”，这些地名后来被将错就错沿用下来。

将军都是战略家，慕将军在修建青藏公路的同时，把目光投向了祁连山以北的河西走廊。在他的策划下，一条长 600 公里，由敦煌通往格尔木的公路很快被打通了，这条路后来被命名为 215 国道。敦格公路穿行在柴达木盆地上，修建难度相对要小一些，但它有一段是建在察尔汗盐湖之上的，由盐晶和卤水混合筑成。这段路全长32公里，折合市制约一万丈，因此被称为“万丈盐桥”。

回程时，由格尔木到小柴旦，从这段路上经过，感觉路面光滑平坦，如果不是路边那块高大的牌子提醒，绝对想象不出车轮正碾在我们平时吃的食盐上面，绝对想象不出这里的道路是“咸”的。如果有人在这里跌了一跤，他嘴里啃的不是泥巴，而是盐巴。

1959年庐山会议后，慕生忠被作为“彭德怀的黑干将”受到批判。闲置期间，他每天必做的一件事就是站在地图前沉思，他目光的聚焦点就是那条连接西宁和拉萨的公路，那是他魂牵梦绕之所在。

彭德怀元帅被平反后，慕生忠复出，他的第一个愿望就是要回青藏公路看看。1982年的一天，格尔木市民齐聚将军楼前，欢迎“青藏公路之父”重返故里。看到青藏公路上人来车往，昔日的帐篷村变为繁华的城市，老将军热泪盈眶，久久说不出一句话。

1994年10月19日，慕生忠将军在兰州逝世。弥留之际，他嘱咐子女把他的骨灰撒到昆仑山、可可西里、沱沱河……

将军楼公园内有一棵柳树，树干高大，枝叶繁茂，据说是当年慕生忠将军亲手种下的。岁月沧桑，60年过去，大柳树见证了格尔木的变化，见证了青藏公路的变化，如果它能够开口说话，一定会把它所看到的一切向我们细细道来。

昆仑山口

由格尔木出发，沿青藏公路南行，海拔越来越高，温度越来越低，昆仑山口也越来越近。

已经到了 11 月底，正是青藏高原的隆冬时节，昆仑山被冰雪包围得严严实实，更显巍峨壮观。然而，在这冰天雪地里，却隐藏着一处清泉，这就是纳赤台，又称昆仑泉。泉水清澈透明，一年四季喷涌不断，人称“冰山甘露”。

关于这处泉水，有一段远古神话故事：

相传西王母于昆仑山瑶池之畔宴请诸神，创造神凡摩应约赴会。席间，凡摩表示，要将昆仑山之北造成花氆氇之地，让那里草肥水美牛羊壮，碧野千里奶飘香。西王母听后，兴高采烈，遂赠凡摩瑶池琼浆。凡摩在返回途中，把樽畅饮，不料大醉，金樽掷地，琼浆四溢，化为昆仑甘泉。

西王母娘娘的琼浆玉液我们今天无缘品尝，不过倒是有公司在玉珠峰脚下的西大滩提取矿泉水，品牌就叫

“昆仑山”。这种矿泉水在当地市场上的价格为4元一瓶，比普通矿泉水价格高出一倍还多。前往昆仑山口的途中，我们路过了这家公司的生产基地，在海拔4000米的地方生产出来的矿泉水应当属于“无污染、天然过滤”，应当能与王母娘娘的“琼浆玉液”相媲美吧？

有水就有人气，路过一家兵站，小憩一会，趁司机打盹的功夫，走进兵站大楼。值班室里，一个小战士正闲得无聊，用捏手机打发时间，恨不得有个人进来说说话。

兵站的任务是为往来军车提供补给，同时也为普通车辆提供加油、食宿等服务。值班的小战士来自陕西，6年前来到这里，他指着窗外说，青藏铁路在这里有一站，就叫纳赤台车站，旅客不是很多，不过眼下这个地方正在建设，准备扩大为一个配套景区，到时候肯定会热闹起来。

车子继续南行，弯道多了起来，风越来越大，但扑面而来的雪山景色也越来越美，直让人有看不够的感觉。车子转来转去，终于跃上了昆仑山口。山口风力异常的大，刮得人几乎想稳稳当当站一会儿都是奢求。代表着蓝天、白云、红火、黄土、绿水的五色经幡猎猎舞动，好像在迎接即将进入西藏的旅人。

一块高高的路牌上标明：海拔4768米，没走几步，就感觉有些喘不过气来，西北风像刀子一样割在脸上，生疼生疼，但昆仑雪山的景色却让人赞叹不已。人常说，巍巍昆仑，毫不夸张，眼前的昆仑山银装素裹，大气磅礴，绵延不绝。

在大自然面前，人类太渺小了，不管是谁，站在昆仑山顶，都不能不生出敬畏之情。

海拔 4768 米的昆仑山口

在中华民族历史上，昆仑山有“万山之祖”和“龙脉之祖”的称谓，史学界有一种观点认为，中华文明最早是发源于青藏高原的，至少是与黄河文明并起的。我在云南结识一位网名叫“布衣和尚”的向导，他几年前接待过一个台湾学者考察团，他们就是身揣《山海经》来西部高山大川寻根溯源的。在昆仑山脚下，有一个用木架搭起来的祭拜台，司机小刘说，上个月这里举办了一场祭拜大典，很多海外华人都到这儿来认祖寻根。

过了昆仑山口就是可可西里野生动物保护区，指示牌表明，这里离索南达杰自然保护站还有 54 公里。索南达杰为保护藏羚羊牺牲的故事家喻户晓，多年前，电影导演陆川专门拍过一部片子，名字就叫《可可西里》。本想驱车前往，可小刘说，过了昆仑山口路就不好走了，天黑前还要赶回格尔木，恐怕来不及。听他这么一说，只好作罢，暂且留下一个遗憾吧。

德令哈，雨水中荒凉的城

旅行常常会给人带来意外惊喜，在计划行程之外遇见意想不到的事，意想不到的人，意想不到的景。

结束在柴达木盆地的旅行，由格尔木返回西宁。沿慕生忠将军当年修建的敦格公路北行，到小柴旦右拐，没多远就到了青藏铁路上的大站——德令哈。

本想在德令哈吃完午饭，歇歇脚就接着赶路，没想到，车子沿巴音河边行驶时，瞥见一块路牌，上书“海子诗歌陈列馆”，兴奋中，赶紧叫小刘停车，过去看看。

“我有一所房子，面朝大海，春暖花开。”海子，一个风靡诗坛的奇才，年纪轻轻就在山海关卧轨自杀，至今每年仍有众多文学爱好者在海子的忌日举办追思会，其诗句影响力之广，甚至成了海景房的广告用语。

但青海湖畔为什么会有一座海子诗歌陈列馆，海子和德令哈有什么关系？令人不解。

眼前的陈列馆白墙灰瓦马头墙，地道的徽派建筑，在荒凉的西北戈壁滩上出现徽派建筑，让人疑心是不是看差了眼，继而一想，海子是安徽人，这样设计理所当然。我几年前去过海子的老家安庆，参观过陈独秀和赵朴初故居，对徽派建筑印象深刻。

陈列馆门口有一副对联：“几个人尘世结缘，一首诗天堂花开”，由诗人吉狄马加题写。光看大门口的题诗就很有意境，足以产生要让人进去看看的欲望。

可能游人不多的原因，陈列馆正门紧闭，我们从旁边卖昆仑玉的商店绕了进去。卖玉石的女子兼作管理员，她走到展厅门口，把灯打开，用手一指：“进去吧，随便参观”，然后又回到摊位上继续捏她的手机。

展厅不大，但对诗人一生的介绍很是全面，看后才知道，海子 1988 年前往西藏，坐火车途经德令哈，在这里，他留下了一首情诗——《姐姐，今夜我在德令哈》：

姐姐，今夜我在德令哈，夜色笼罩。
姐姐，我今夜只有戈壁。

草原尽头我两手空空。
悲痛时握不住一颗泪滴。
姐姐，今夜我在德令哈。
这是雨水中一座荒凉的城。

除了那些路过的和居住的，
德令哈……今夜。
这是唯一的，最后的，抒情。
这是唯一的，最后的，草原。

我把石头还给石头，
让胜利的胜利。
今夜青稞只属于他自己，
一切都在生长。

今夜我只有美丽的戈壁，空空。

姐姐，今夜我不关心人类，我只想你。

有一种说法，说海子认识了一位年纪比他大好多的西部女作家。那位女作家不漂亮，可是海子却迷上了她。一个细雨蒙蒙的夜晚，海子在北大校园合着双手，跪在地上，等待女作家的到来，直到天亮。女作家接受不了，回到了西部，海子一路追随而来。途径德令哈时，诗人情感奔涌，由是，隽永的诗句在他的笔下飘然而出。

诗歌界评论，海子的诗情感真挚、语言清馨、朴实淡雅、极富感染力，这首情诗就体现了这个特点。诗人都是鬼才，思维超常，语不惊人死不休。这首诗中流露出的孤独与寂寞，思念与渴望，需要我们用心去品味。

海子在德令哈留下一首诗，也使这个原本默默无闻的西部荒凉小城为世人所知。2012 年，坐落在巴音河畔的海子诗歌陈列馆建成，同时举办了海子青年诗歌节，诗人吉狄马加在开幕式上称《姐姐，今夜我在德令哈》充满了“孤独与温情”，是“文坛不朽的绝句”。

海子优美的诗句也吸引了音乐人，歌手刀郎曾专程来到这座“雨水中荒凉的城市”，寻找创作灵感。看着窗外烟雨朦胧的夜色，听着雨点敲打窗户发出的声音，这位西部歌手即兴创作了《德令哈一夜》：“是谁把我昨夜的泪水，全装进酒杯，是否能用这短短的一夜，把痛化做无悔……”

曲风中依然充满了“孤独与温情”。

敦煌，河西走廊的尽头

敦煌壁画“萌萌哒”

最早知道敦煌是上大学期间，那一年，甘肃省歌舞团《丝路花雨》剧组到哈尔滨巡演，有幸前往一睹。若问看后的感觉，可以用八个字来形容：眼界大开，美的享受。壁画、飞天、反弹琵琶这些以前从未听说过的词汇由此进入脑海。

30 多年后，当我来到位于西北戈壁荒漠的敦煌莫高窟，踏上建在崖壁上的狭窄木栈道，随讲解员进出一个个洞窟，听她用熟练而又机械的语言解说洞窟里那些精美的壁画时，脑子里萦绕的还是那部取材于敦煌壁画故事的《丝路花雨》。

舞剧《丝路花雨》讲述了丝绸之路上发生的一个感人故事，也把莫高窟这个精美绝伦的艺术宝库展现在人们面前。

公元366年的一天，中原和尚乐樽西游，至鸣沙山下，大泉河边，疲惫不堪的他，抬头间，忽然发现，在夕阳的映照下，对面三危山上闪现出万道金光，一尊尊佛像在金光中若隐若现，他虔诚地跪在地上，发誓要在这里供奉修行一生，于是，鸣沙山的崖壁上有了第一个洞窟。

五胡十六国时期，天下大乱，很多中原百姓扶老携幼，逃往相对平静的河西走廊，诵经拜佛，祈求平安。隋唐时期，随着丝绸之路的繁荣，河西走廊的佛教兴盛一时，开窟造像成为风尚，直到宋元以后才开始逐渐萧条。

走进一个个洞窟，像是走进了艺术殿堂，又像是进入了天国世界。莫高窟现存492个洞窟中，几乎每个窟都有飞天造型，舞者姿态优美，灵动轻盈，衣带飞扬，飘飘欲仙，美得让人醺然欲醉，美得让人怦然心动。

第112窟的壁画中，中间的舞伎单腿提起、出胯旋身，做出一个大幅度的S形“反弹琵琶”姿势，令人惊

莫高窟九层楼

羡不已。在她周围，十多名乐伎手持横笛、拍板、琵琶和古琴，伴奏助兴。当年，甘肃省歌舞团正是从这幅壁画中得到灵感，创作了舞剧《丝路花雨》，大获成功。

我在新疆克孜尔石窟看过“正弹琵琶”壁画。由正弹变为反弹，表明在佛教艺术东渐过程中，人们心目中的佛国世界已经具有浪漫色彩。

与西域石窟相比，莫高窟摆脱了犍陀罗艺术的束缚，体现了佛教艺术中国化的特点。在初唐壁画《维摩诘经变图》中，印度智者身着中原衣冠，手持麈尾，须眉昂扬，一副魏晋名士风度。壁画中的菩萨和飞天，尽管还是袒胸露腹，但其华丽的衣着、飘逸的彩带、娟秀的面容和丰腴的身姿，让人联想到唐代的宫女。

明嘉靖年间，嘉峪关封闭，边界内移，处在嘉峪关以西的敦煌成为荒漠之地，所谓“风摇怪柳空千里，月照流沙别一天”，那些精美的壁画和佛像被封闭在幽暗的洞窟内，一睡就是几百年。

1900 年，看守莫高窟的道士王圆箓在清理一个洞窟的淤沙时，发现一面墙壁上有个夹层，他用手敲了敲，发出咚咚的回声。怀着好奇心，他和弟子一道，凿开墙壁，让他们大吃一惊的是，里面还藏着一个洞窟，洞内是精美绝伦的壁画，栩栩如生的佛像，还有浩如烟海的经卷、文书和绢画。

藏经洞的发现惊动了世界，也引来了斯坦因、伯希和、华尔纳等一个个外国探险家。美国人华尔纳形容，当他走进洞窟，借着微弱的灯光，看到眼前出现的精美壁画时，“除了惊讶得目瞪口呆外，再无别的可说”。敦煌文物经过他们的手，就这样一件件、一批批流失到了国外。大英博物馆有一间库房，名叫“斯坦因密室”，那些价值连城的文物均来自百年前的中国敦煌。

第 16 窟右手甬道墙壁上，有一个不起眼的门洞，任谁都想不到，这就是 100 年前王道士发现的藏经洞。朝里边望，洞窟不算很大，里面空空如也，宝贝均已不见。如今的藏经洞，留给人们的只有猜想和叹息。

令人可气又可笑的是，这些佛教洞窟竟一度被作为监狱来使用。十月革命后，一批流亡白俄士兵进入中国境内，被地方政府拿获，解押至敦煌莫高窟。一个个洞窟变成了一间间牢房，这些俄国大兵在洞窟中搭上了地铺，支起了锅灶，烟熏火燎下，壁画光彩不再，他们在墙上留下的涂鸦、部队番号和斯拉夫语下流话至今仍依稀可辨。

令人敬佩的是，20 世纪 40 年代开始，以法国留学回来的常书鸿为代表的一批批美术家相继来到西北荒漠，在极为艰苦的条件下投身敦煌壁画临摹和文物修复保护工作，使得我们今天仍能欣赏到这些光彩夺目的艺术瑰宝。

遗憾的是，景区和石窟内均不得照相，游人只能站在景区外，隔着栏杆照远景。国内各处石窟景区要求都不一样，在我去过的众多西部石窟中，克孜尔石窟也不允许近距离拍照，而其他石窟都没有这样的要求。

鸣沙山，月牙泉

鸣沙山，顾名思义，是能发出声响的沙山。魏晋《西河旧事》记载：“沙州，天气晴明，即有沙鸣，闻于城内。人游沙山，结侣少，或未游即生怖惧，莫敢前。”

自然界的奇妙现象光靠常理很难想象，但又不乏形成依据。专家解释，鸣沙山位于腾格里沙漠的边缘，沙山由石英为主的细沙粒组成，表面有许多细小的孔洞，遇有风吹振动，沙粒在气流中旋转，就会出现共鸣，如同“抖空竹”一般发出响声。

来鸣沙山，为的就是感受一下奇特的塞外风光，听听奇妙的塞外回声，遗憾的是，我们来到鸣沙山时，得知这种“美妙乐章”已经听不到了，早在30年前，鸣沙就变成了“哑沙”。

驼队，如一条细线，穿行在鸣沙山下

原因何在？专家分析，鸣沙不鸣，是因为，近年来环境污染和人为活动增加，导致沙粒的孔隙被堵住，无法发出声音。有记者为一探究竟，前往专家实验室，穿上木鞋，踩在清洗后的沙粒上，果然听到了嗡嗡的鸣叫声。

既然听不到声音，那就感受一下沙漠的魅力吧，于是套上橘红色的防沙鞋套，骑上沙地摩托车，朝远处一座高大的沙山驶去。

天空晴朗，沙漠无际，摩托车在沙地上疾驶，卷起阵阵浮沙，耳边风声呼呼刮过，一刻钟后，到了沙山脚下。

沙坡陡峭，沙粒松软，要想爬上去可是个力气活，一只脚刚踏上去就陷下去一半，好不容易迈出一步，使劲一蹬，又退回半步，没一会儿工夫，已是气喘吁吁。

终于爬上山顶，极目远眺，在阳光的照射下，一道道沙梁波浪起伏，沙脊如刀，明暗相间，层叠分明。一列驼队从山脚下缓缓行进，远望犹如一条细线，穿行在无边的沙海中。

鸣沙山于我，以前只是一个大漠戈壁中的幽灵，一个抽象的概念，一个书本上的存在，而现在，则是实实在在地被踩在脚下了。人，只要迈出脚步，就能实现你的愿望。

站在山顶，环顾四周，让人感到惊奇的是，山脚下竟有一片浓浓的绿荫，怀抱一池湖水，状如一弯新月——这就是月牙泉。

在茫茫无际的沙海中，能看到湖水，令人精神振奋。于是顺着沙坡飞速溜下，骑上一匹壮硕的骆驼，在叮铃叮铃的驼铃声中来到湖边。一池亮汪汪的湖水出现在眼前，澄清如镜，碧波荡漾，让人不敢相信这是在大漠戈壁中。

“就在天的那边，很远很远，有美丽的月牙泉，它是天的镜子，沙漠的眼。”田震在歌中这样唱道。然而，这个奇异的“眼”是如何形成的，为何历经千年风沙没被掩埋？站在月牙泉边，不管是谁都会产生这样的疑问。

据专家研究，月牙泉的水来自附近党河的地下水，而党河的水来自祁连山的雪水融化，因而常年涓流不息，天旱不涸。月牙泉地势低洼，有两个风口，当风刮进来后，吹向两边，形成一种峡谷效应，把山坡下的流沙刮到山顶，抛向山峰另一侧。

正是这种独特的地形和气流运动，造就了一处沙山与泉水共生，粗犷与秀美共存的奇特景观，成为塞外风光一绝。不过，在月牙泉边，也听到一个坏消息，近些年月牙泉水位一直在下降，原因也是人为因素影响，目前的水位靠的是“输液”。

月牙泉岸边芦苇丛生，沙地上矗立着几棵粗壮的古树，一个小牌牌上写着：“旱柳，又名左公柳，杨柳科落叶乔木。”当年，左宗棠为收复新疆，率湘军西征，一路上深感气候干燥，了无生气，遂命将士沿途遍植杨柳，当地百姓拍手称快，将其所栽之树称为“左公柳”。有人作诗称颂：“大将筹边未肯还，湖湘子弟满天山，新栽杨柳三千里，引得春风度玉关。”

在西北人眼里，左宗棠首先是植树造林模范，然后才是边疆大吏。左宗棠一生战功卓著，但后人谈起他来，首先想到的是他种下的树，而不是他打过的仗，此中道理，耐人寻味。

阳关，玉门关

西汉时期，汉武帝为打通河西走廊，几次派大将军卫青、霍去病征讨匈奴，最终大获全胜。其后，汉王朝在河西走廊“列四郡、据两关”，“四郡”指的是武威郡、张掖郡、酒泉郡和敦煌郡；“两关”指的是阳关和玉门关。

“长风几万里，吹度玉门关。”阳关和玉门关位于河西走廊的最西端，是汉朝的西大门，中原通往西域和中亚的必经之路，古人所谓的“中国”和“西域”在这里划界。在诗人笔下，阳关和玉门关是悲凉、肃杀和哀怨的，王维在劝即将远赴西域的朋友元二多喝一杯酒时，告诉他，过了阳关就见不到故人了；而王之涣则认为，羌笛不应该埋怨杨柳，因为春风根本就到不了玉门关。

经过千百年的风雨侵蚀和流沙掩埋，昔日的阳关城早已不见踪影，看不到一块秦砖，一片汉瓦，只留下一座坍塌的汉代烽燧，兀立荒野，如果不说，谁都想不到，

孤立在大漠中的阳关烽燧

这是赫赫有名的阳关故址。站在烽燧遗址旁，向西遥望，满眼黄沙，不见一株树、一片绿叶。阳关博物馆的一块牌匾上写着：“西通楼兰”。由此向西，就是西汉时期的丝绸之路南道，前路茫茫，凶吉难定，难怪王维对前往西域的友人那样担忧。

阳关遗址旁有一个“海关”，几名“边关大吏”正在给游人办理“出关”手续，只要花上10块钱，就可以得到一份盖有官府大印的通关文牒，也就是现在的护照，有了这份“护照”就可以大模大样“出国”，犯不上冒险偷渡了。手持“护照”，来到一个国家边境，只要盖上该国的印章，就可以冠冕堂皇地入境，这个章就相当于现在的落地签证，可见那个时候的出国手续很容易办，不像现在这么严格和烦琐。

与阳关相比，玉门关留下的遗迹还算稍微多一点，当年的都尉府还能看出点模样，外形类似一个小城堡，由黄土垒就，当地俗称小方盘城。过了玉门关向西，就是丝绸之路北道，据说，玉门关的得名就是因为采自昆仑山的玉石要经此关口进入中原，可以想见当年这里的繁荣景象。而现在的玉门关，则是满目荒凉，只有一个小小的方盘城孤零零地矗立在砂石岗上。

汉武帝在窄窄的河西走廊出口处建了两座关隘，一南一北，相距不过六七十公里，道理何在？“列四郡”

好理解，河西走廊东西长1000公里，那个时候的交通工具主要靠马，两郡相距300多公里，是适宜的。但在走廊的尽头建两个“口岸”，只能说明，这是一个繁华喧闹之地。在一个商队络绎，货物堆积，人喊马嘶的地方，一个“口岸”显然不够，如同现在的深圳去往香港要设多个口岸一样。同时，这样也便于分类引导，行旅出关后，可以按照各自情况走塔里木盆地南缘或北缘。

千百年来，无数使臣、官吏、客商、僧侣、文人、将士从两关进出，给这里带来了繁荣，也留下了许多故事，玄奘偷渡玉门关就是其中之一。

公元629年，26岁的玄奘为求佛教真经，由长安出发，踏上西行之路。由于未获批准，玄奘只能偷偷出城。在凉州，他的行迹意图被发现，受到官府通缉，不得不昼伏夜出，继续西行。

在玉门关，玄奘买了一匹白马，又收了一位名叫石槃陀的胡人做向导，于三更时分由葫芦河越过边界。敦煌榆林窟有一幅《玄奘取经图》壁画，画中玄奘、孙悟空和白马在急匆匆赶路，其中孙悟空的原型就是胡人石槃陀。

过了玉门关，石槃陀面对一望无际的黄沙，死活不肯再往前走了，玄奘只得孤身一人上路。过玉门关外第一座烽火台时，玄奘被守卒发现，险些被箭射中，恰好校尉王祥也是一个佛教徒，在劝阻无效的情况下，他为玄奘准备了水和干粮，送他上路。

过了第五座烽火台，就是“上无飞鸟，下无走兽，复无水草”的莫贺延碛，玄奘在《大唐西域记》里称其为“八百里流沙”。途中，玄奘不慎打翻水袋，在沙漠中，没有水意味着死亡，玄奘被迫折返，但很快，出发前“不到印度，决不东归”的誓言在耳边响起，于是他毅然转过身来，继续向西行走。

佛祖保佑，五天后，奇迹出现了，前面出现了一汪清亮亮的泉水，精疲力竭的玄奘使尽最后一点力气，连滚带爬地扑了过去……

经塔里木盆地北缘，翻越大雪山，经过九死一生，玄奘最终到达了天竺。

玄奘在天竺最大的佛学院那烂陀学成后，携带大批经卷，经塔里木盆地南缘回国，过阳关时，地方官府恭候迎接。此前，他在于阗给唐太宗写了一封信，陈述西行经历和收获，托东去的商旅捎到长安，太宗看到后，兴奋异常，不仅原谅了他的偷渡行为，还命人护送他回到长安。

如此说来，玄奘是中国历史上第一个“海龟”，专业是佛学。

大漠深处

如果你爱一个人，就带他去看秋天的额济纳，因为这里有大漠胡杨；如果你恨一个人，就带他去看春天的额济纳，因为这里有沙暴肆虐。

——佚名

金秋胡杨

2002年底，贺岁影片《英雄》在内地上映，画面中，两个红衣美女在缀满金黄树叶的胡杨树上飞来荡去的场景，让人赏心悦目，更让人心驰神往。这部影片的拍摄地就在内蒙古的额济纳旗。

每当秋风吹过，寒露袭来，额济纳的胡杨树叶纷纷变色，落成满地金黄，金秋的韵致被演绎得淋漓尽致。导游说，这里以前很冷清，没什么人来，现在不同了，每年“十一”期间，人潮如涌，旅馆早早订完，临时入住只能睡在地板上。我们来到这里的时间是10月中旬，既躲过了人潮，又没错过美景，这让我们心里很是舒畅。

中国有两处成片的胡杨林区，一处在南疆，一处在额济纳。前者位于塔克拉玛干沙漠边缘，受昆仑山和天山融雪而成的塔里木河滋养；后者位于巴丹吉林沙漠边缘，受祁连山融雪而成的黑河滋养。我在南疆看到，那里的胡杨树一棵棵排列在塔里木河两岸，绵延不绝，让人领略到塞外风光的大气雄浑。而这次到了额济纳看到，这里的胡杨树生长得比较集中，一簇簇、一团团，犹如放大了的盆景一般精致。

从达来呼布镇往东，隔不远就有一座小桥，从一道桥到八道桥，每道桥都有胡杨林环绕。金秋十月，天高气爽，漫步胡杨树林，如同置身金色的海洋。受水分滋养的影响，近水处胡杨树更为集中一些，有些树叶还没有完全变黄，现出些微的青绿色。微风吹过，树叶飘落水中，像一页页扁舟，在水面上浮荡。而在那些离水边较远的沙地上，胡杨树比较分散，树叶已经完全变黄。

沙地上，不时可以遇见散落的羊只和骆驼，悠闲地寻觅尚存的嫩芽绿叶。

金秋胡杨，满地铺金

几棵粗大的胡杨树下，叶片散落，满地铺金，炫目耀眼。一位身穿红色冲锋衣的女士从林中穿过，两脚交替踩踏在落叶上，发出沙沙的声响，身影渐渐隐没在树丛中。透过斑斑驳驳的胡杨枝叶，隐约可见几座白色的蒙古包，几缕炊烟袅袅升起，随风飘散开来。

这就是秋天的额济纳，一个黄、红、白三色混搭的世界，大地上一幅不加修饰的调色板。

额济纳，就是唐代边塞诗人王维在《使至塞上》中提到的居延，历史上曾是北方强大的游牧民族匈奴人的领地。由祁连山冰雪融化而成的黑河为额济纳带来充沛的水源，滋养着这里的大片牧场。据纪录片《永远的丝路》介绍，古时候，额济纳境内的居延海碧波荡漾，水鸟翔集，岸边花草葳蕤，胡杨密布，这种状况直到 20 世纪初仍然没有多大变化。

20 世纪 30 年代，中国瑞典西北科学考察团途经额济纳，发现这里遍布溪流、牧草和胡杨。瑞典探险家斯文·赫定在《丝绸之路》一书中这样形容："在经过了东部戈壁滩长途跋涉之后，我觉得这里简直就是一个无限美好的人间天堂，看不出有什么不好的地方。"

1936 年，著名西北战地记者范长江在额济纳看到，这里的自然生态"完全处于原始状态"，"没有丝毫的人工痕迹"。他在文章中饱含激情地写道："这是南美洲亚马孙河的上游，这是非洲未开发的刚果腹地……"

然而，令人遗憾的是，其后几十年里，由于过度放牧和屯垦，以及黑河上游人工用水增多，下游水量减少，昔日碧波荡漾的居延海慢慢干涸，草原逐年沙化，大片胡杨干枯而死。额济纳由此也成了北方沙尘暴的主要发源地。

在巴丹吉林沙漠边缘，有一片干枯的胡杨树林，人称"怪树林"。我们在日落时分赶到这里，走在长长的木栈道上，可见薄暮冥冥的天幕下，干枯的胡杨枝干或昂首向天，或俯身颔首，或龙盘虬曲，似乎是在向人们显示生命的顽强。什么是“活着三千年不死、死后三千年不倒、倒后三千年不朽”？只有到了额济纳才能体会到。

阴森恐怖的怪树林

干枯怪异的枝干也给人们带来了一种残缺美。远处一道沙岗上，站立着一位高挑的女士，头戴鸭舌帽，身着风衣，身后是一棵干枯的胡杨，再后面是一匹拴在木桩上的骆驼，三者依次排开，逆光看过去，犹如一道优美的剪影画面。

黑城传说

额济纳有自然美景，更有厚重历史和神秘传说。

史载，汉武帝击败匈奴，打通河西走廊后，在居延屯田筑城，由此形成了丝绸之路北线的居延路，通过居延路，河西走廊与漠北草原联通起来。时至今日，这个通道作用仍然未减，《远方的家—边疆行》节目组采访过额济纳旗北部的策克口岸，据介绍它是中国和蒙古国之间过货量最大的口岸，蒙古国运往中国的主要是煤炭，中国运往蒙古国的主要是轻工业品和日用品。

西夏时期，李元昊在居延建“黑山威福军司”，相当于现在的大军区，慢慢地，这里形成了一个繁华喧闹的城市，史称黑水城，简称黑城。据载，马可・波罗从蒙古草原进入中国后，见过一座“佛寺雄伟、牲口众多”的城市，很多人猜想，这座城市就是今天额济纳境内的黑城。成吉思汗率领蒙古大军南征西夏时，首先攻破黑城，然后转向兴庆府，也就是现在的银川。元朝建立后，这里为“亦集乃路总管府”。

明朝初年，征西大将军冯胜率兵来到黑城脚下，久攻不克，于是心生一计，用沙袋堵塞额济纳河，断绝城中水源。元朝守将帖木儿，人称“黑将军”，命人在城内拼命挖井，掘地 80 丈仍滴水不见。生死关头，黑将军下令将80车珍宝倒入井中，亲手杀死自己的妻小，然后率兵出城迎战，终因寡不敌众战败身亡。

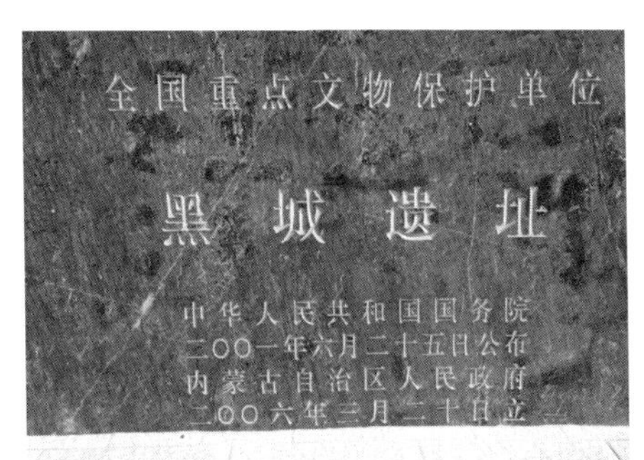

夜幕降临之际，怪树林呈现出的苍凉悲壮场景让人想到戟戈耀日、风萧马鸣的古战场，那些盘龙虬曲的树干就是黑将军和他的将士们不屈的灵魂。

由于河流改道，城中无水，居民被迫迁走，黑城渐渐荒芜。但古城埋有宝藏的消息却不胫而走，诱惑着一批又一批的探险家、考察队、寻宝人纷至沓来。

1908年，一群俄国人的身影出现在巴丹吉林沙漠，领队叫彼得·库兹米奇·科兹洛夫，俄罗斯海军中校，职业探险家。他们通过收买和炫耀等手段，让当地土尔扈特人带路，找到这处被淹没在流沙中的城堡。科兹洛夫带领手下人狂挖不止，最终没有找到传说中的珍宝，相反还搭进去两个人的性命。

不过，科兹洛夫一行在挖掘中却发现了数量众多的文书、印本、佛教画卷、泥塑佛像和铜钱。科兹洛夫以他多年的野外考察经验，判断这绝非普通的文物，他为这一发现激动不已："地层中或地表上发现的每件器物，都会引起大家的兴奋之情。我用铁铲挖掘几下就会发现一幅绘在画布上的佛像，那种惊喜的感觉，我永远都不会忘记。”

科兹洛夫将这些文物小心翼翼装入木箱，命人用骆驼运回俄国，然后向西而去。俄国皇家地理学会见到这些文物后，兴奋异常，他们断定这些文物来自已经消失了数百年的西夏王国，于是命令科兹洛夫掉头返回，继续挖掘。

此后，英籍匈牙利人斯坦因等西方探险家接踵而至，不用说，这些淹没在流沙中的西夏文物重见天日之时，就是它们流失国外之日。在这些文物中，最有价值的是居延汉简，它与敦煌文书、安阳甲骨文一起被认为是 20 世纪初东方文明的三大考古发现。

黑城地处巴丹吉林沙漠深处，平日里风声呼啸，沙尘漫天，《远方的家—边疆行》记者在这里采访时，几乎张不开口，说不出话。不过我们那天的运气很好，清风拂面，天色湛蓝，能见度很高，老远就看见了黑城的标志——城墙西北角兀然矗立的几座佛塔。

步入城内，满目苍凉，青砖、瓦砾、陶罐、磨盘的碎片散落地上，偶有一两块白骨，不知是骆驼的、马的、还是人的。昔日的官署、民居、店铺、驿站、作坊、寺院都已荡然无存。高大的城墙下，流沙积聚，眼看就要

藏身于大漠深处的黑城

将高大的墙体吞噬掉。有游客在城中寻寻觅觅，询问导游，黑将军留下的珍宝藏在什么地方，导游的回答是："我要是知道，就不干这个活儿了。"导游的话引来一阵笑声。

北城墙上有一处人字形豁口，看上去犹如城墙的一道伤口，传说这是当年黑将军破城而出之处。从这个豁口走出，可见城墙外黄沙漠漠，几株半掩在流沙中的红柳和骆驼草在微风中摇曳，枝条和针叶上蒙着一层厚厚的沙尘，眼前的荒凉景象很难让人相信，这里曾经是一片人烟稠密的戈壁绿洲。

黑城，一座承载过繁荣和辉煌的军事重镇和丝路驿站，如今成了孤城残址，寂静地隐匿在大漠之中，任凭风沙肆虐，日晒雨淋，让人心生无尽感慨。

土尔扈特，东归英雄

20 年前，电影《东归英雄传》上映，围绕东归路线图展开的故事情节，一波三折，引人入胜。随后，同名电视连续剧热播，片尾曲《鸿雁》瞬间走红：

鸿雁，天空上，对对排成行；
江水长，秋草黄，草原上琴声忧伤。
鸿雁，向南方，飞过芦苇荡；
天苍茫，雁何往，心中是北方家乡……

随着悠扬的马头琴声响起，一场波澜壮阔的民族大迁徙画面展现在人们面前。

17 世纪上半叶，蒙古族的一支——土尔扈特部落为躲避势力日益强大的准噶尔部的威胁，西迁至俄国南部的伏尔加河卡尔梅可草原，里海之滨。伏尔加河流域人烟稀少，土肥水美，土尔扈特人在此得以休养生息，安居乐业。但好日子没过多久，叶卡捷琳娜二世上台，征调土尔扈特牧民参加对奥斯曼帝国的战争，实际上是让他们充当炮灰。与此同时，缩小土尔扈特人的牧场，在部落内推行东正教，禁信藏传佛教。

1771 年，愤怒的土尔扈特人在年轻的首领渥巴锡率领下，发动武装起义，在“我们的子孙永远不当奴隶，让我们到太阳升起的地方去”的悲壮誓言声中，烧掉房子，赶着牲畜，分三路浩浩荡荡踏上了东归故土的征途。

渥巴锡和他的族人穿过乌拉尔河，越过哈萨克草原，与赶来追杀的哥萨克骑兵厮杀周旋，经过一万多里的长途跋涉和颠沛流离，七个月后到达新疆伊犁河谷。土尔扈特人为东归付出了沉重代价，出发时 17 万人，到达伊犁时不足 7 万人，斯文·赫定在《热河：帝王之都》一书中这样写道：“在土尔扈特人极为凄惨的迁徙中酿成的奇闻和悲剧，恐怕数不胜数。”土尔扈特人的浴血东归壮举被称为“人类历史上最后一次民族大迁徙”。

清廷对土尔扈特部众返归祖国的举动极为重视，乾隆皇帝多次在承德普陀宗乘之庙（即小布达拉宫）万法归一殿接见和宴请渥巴锡，封爵赐地，请他们参加讲经、说法、祝寿活动，并亲撰《土尔扈特部归顺记》和《优恤土尔扈特部众记》碑文。我在承德看到，这两块高大的石碑至今仍完好无损地矗立在小布达拉宫内，里面还有一个规模不算小的土尔扈特人回归祖国展览。

回归后的土尔扈特人大部分被安置在新疆的巴音布鲁克草原，额济纳是 1698 年先期东归的一部分土尔扈特人的居住地。他们之所以选择在这里居住，是因为那个时候的额济纳水丰草美，不同于现在，据说当他们东归走到额济纳时，发现这里的胡杨树之茂密，致使牲畜都无法进入，无奈之下，他们放火焚烧树林，大火过后，只有一棵胡杨树留存下来，这就是我们今天看到的那棵"神树"。

达来呼布镇至今留有土尔扈特最后一位王爷的府邸，门前的一块高大石碑上写着："纪念额济纳土尔扈特部回归祖国三百周年"。街道上人车稀少，偶有步态散漫的土尔扈特人走过，一位身穿蒙古长袍的老妇人静静地坐在房檐下，望着远处，神情木然，她是在为自己生存领地的恶化而担忧吗？

暮色四合，村落升起几缕炊烟，远处传来几声狗吠，宁静的村庄渐渐有了些许生气。

叩问苍天

2003 年 10 月 15 日，国人的眼球被一个西部小城所吸引，一个振奋人心的消息从这里传出：杨利伟乘坐神舟五号由此升入太空。

这个西部小城就是位于额济纳旗境内的东风航天城。

飞天是几代中国人的梦想，从 1961 年苏联宇航员加加林首次叩开宇宙之门，到中国的杨利伟遨游太空，其间经历了 42 年，接近半个世纪，这一点就足以证明这一举动的难度。

在太空探险面前，一切地面探险活动都黯然失色。对太空探险来说，也许，过程本身比结果更重要，从长征二号运载火箭点火的那一刻起，每个人的心都被揪得紧紧的，大家都为这个东北汉子担忧，有人悄声嘀咕："这要是像二踢脚一样，下面一个响，上面一个响，可咋办？"

事实证明，这个担忧是多余的，21 个小时后，神舟五号在内蒙古中部的四子王旗着陆，杨利伟平安返回人间，坐在电视机前的人们长长地嘘出了一口气。尽管如此，细心人还是发现，杨利伟在出舱时，脸上有斑斑血迹，据事后透露，那是飞船着陆时巨大的冲击力导致的。

东风航天城建于 1958 年，据说是聂荣臻元帅亲自选的址。它是我国创建最早、规模最大的卫星发射中心，我国第一颗人造地球卫星、第一颗导弹、第一艘宇宙飞船都是从这里发射的。资料显示，当年建这座发射场的部队是从朝鲜战场上归来的志愿军第 20 兵团，这支部队一头扎入大西北后，就一直隐名埋姓，不为外人所知，曾有外国情报机构对他们的突然消失做出过种种猜测。

多年来，这处国防军事基地一直被蒙上一层神秘面纱，深藏在荒漠戈壁中，以代号的形式存在。直到20世纪80年代，基地始对外开放，公开名称是“酒泉卫星发射中心”。

这么一说，问题就来了，额济纳旗在内蒙古境内，而酒泉隶属甘肃，道理何在？导游在车上为我们解开了谜团，原因有三：一是酒泉是离额济纳旗最近的大城市，相距不到300公里，相比之下，由额济纳旗到阿拉善盟首府巴彦浩特要600多公里；二是出于保密的需要，声东击西；三是额济纳旗历史上曾一度归属酒泉。

航天城目前对外开放的有卫星发射场、基地历史展览馆和问天阁。问天阁是杨利伟以及后来的几位宇航员登仓前短暂休息和与地球说拜拜的地方，在“首次载人交会对接任务航天员出征仪式”的横幅下，悬挂着一面国旗，游客争相上前留影。

看到这个场景，想起2004年初见到杨利伟的情景。那天下午，他到人民大会堂参加活动，由于到得早，坐在江苏厅外一个寂静的角落里，腰板笔挺，两手扶膝，目不旁视。有人认出他来，惊喜中，上前索要签名、请求合影。航天英雄神态沉稳，谦逊温和，认真对待粉丝

航天城，火箭发射塔

提出的每一个要求。我本想也上前合个影，可惜手头没有相机，再加上一向不擅长做这些事情，只好作罢。

我在仰慕航天英雄壮举的同时，对其朴实性格赞赏有加。一次，记者问道：“你在起飞前，心里想的是什么？”记者这时期盼的自然是豪言壮语，但杨利伟却平静地回答："我想的是操作步骤。"更有一次，记者问："你在太空中看到长城了吗？"杨利伟的回答很让记者失望："我没有看到长城。"此前，有个流行说法，说中国的万里长城是太空中能够用肉眼看到的地球上唯一的人工建筑。

不事张扬，实话实说，我为航天英雄点赞。

甘南，川北

黄河岸边的石窟

炳灵寺这个名字听起来就是个寺庙，可一旦置身此地，出现在你眼前的却是大大小小的石窟，里面是形态各异的造像。寺庙也有，但规模很小，与庞大的石窟群相比，微不足道。

在藏语中，炳灵寺的意思是“十万佛”，不难想见这个寺庙佛像之多。然而，在国内众多的石窟建筑群中，炳灵寺却鲜为人知，原因和它位置偏僻，不易到达有关，即使是在今天，要想接近这处石窟，也要折腾好半天。

一大早，在兰州市区一个街角匆匆吃碗兰州拉面，坐上一辆半新不旧的金杯车，向炳灵寺所在地永靖县进发。路上，司机老马说，去炳灵寺石窟要先开车到刘家峡水库大坝，然后坐船过去，这是最佳捷径，但也要一个多小时。如果全程坐车，走陆路，需绕远，而且路况极差。

马师傅说得没错，刘家峡水库大坝下面竖着一个木牌，上面标明：距炳灵寺 54 公里。我在黄河上游有过多次乘船经历，但每次距离都没有这个长。不过，这也不是坏事，给了我们一次与黄河多亲近一会儿的机会。

柴油船驶离码头，水流不疾不徐，两岸一座座峰峦被甩在了身后。景色养眼，但路途难熬。柴油船年久失修，马达声音大作，震得窗户嗡嗡作响。船行水面，上下颠簸，左右摇晃，伴有阵阵袭来的柴油味道。驴友续续活泼开朗，她形容我们都是糖炒栗子，到地方就被晃熟出锅了，不过到时候身上散发的不是诱人香味，而是熏人的柴油味。

接近炳灵寺，两岸山峦的形态出现了变化，一座座土丘样的山峰拔地而起，船工大声告诉我们，这是炳灵石林，丹霞地貌，只有黄河上游才有，寺院都藏在石林里，需要走进去才能看见。

炳灵寺位于“丝绸之路”陇西段的一条支线上，石窟开凿于十六国时期鲜卑族乞伏氏建立的西秦政权（公元 420 年）。经过上千年的开凿，在今天的炳灵寺可以看到历代佛像造型艺术风格：先秦造像面形方圆，身姿挺拔，衣纹线条流畅，质感明显，带有印度佛教艺术风格；北魏造像秀骨清像，褒衣博带，人物神态安详，含蓄凝重，体现出佛教艺术民族化、世俗化的倾向；唐代造像面容丰腴，肌肤细腻，端庄秀丽，人物表情含蓄生动，体态自然健美，让人想到大唐生活的安逸和富足。

宋元以后，开窟造像之风日渐衰落，但藏传佛教多彩多姿的风格也慢慢融汇进来，并且在石造像和泥造像基础上出现了金铜造像。

如果你犯懒，又想多看点，尽可以来炳灵寺，在这里，你可以一次性饱览历代石窟艺术风格。

积石山大寺沟河道两旁的岩壁上，分布着大大小小的佛像，最大的佛像高 27 米，上半身为石雕，下半身为泥塑，原有九层护楼，清同治年间被毁。失去阁楼保护的佛像在风雨侵蚀中变得满目疮痍，头顶螺髻脱落，鼻尖泥塑塌掉。我的朋友邹蓝 30 年前到过这里，他戏称这尊佛像为“塌鼻子大佛”。

沿河道行走，遇到一座小桥，几个背包客从干涸的河床爬上来，一个年轻人说：“那边还有一个上寺，比这边漂亮，有观光车，往返 40 块钱。”听他这么一说，大家来了兴趣，立刻租车前往。

去往上寺需要穿过一个曲折的峡谷，沙土路面，车子走在上面颠簸不已，但两边的石林风光让人“爱不释目”。在一处石壁前，司机把车停下，说：“这是飞天石壁，值得一看。”下车细看，原来是一种天然的风化蚀刻，画面凸凹不平，人物飘飘逸逸，犹如仙女飞天，故得此名。

峰回路转，20 分钟后，眼前出现一座幽刹古寺，上寺到了。寺院四周群峰环绕，院中花木扶疏，几支向日葵籽粒饱满，花瓣金黄，一看就是个修行的好去处。

一位身披绛红色袈裟、手持念珠的老喇嘛听见动静，挪步出门，嘴里不时冒出几句英语单词，让人不敢小看这出家人。老喇嘛住所简陋，床上放着一本英汉词典，我有些好奇：“您在哪学的英语？”老喇嘛的回答让我们肃然起敬：印度。

虽说上了年纪，但老喇嘛腿脚勤快，免费引路讲解。经他指点，我们在主殿的顶棚发现了几处壁画，这些壁画大部残损风化，漫漶不清，但从余下的部分仍可以看出它们的精美，其中一幅画面枝叶繁盛，莲花绽放。想不到在这样一个远离尘寰的荒僻山沟里，竟有如此的高雅艺术等待人们欣赏。

从始至终，老喇嘛脸上一直挂着微笑，看得出，他的笑容是发自内心的，他脸上的肌肉不是因为见到人临时堆起来的。他的内心一定是平和的，安逸的，充满善心的。外面世界的万千变化、人事纠葛、花花绿绿都与他无关，他日复一日，年复一年地独守着这块净土，任凭岁月流转，古寺青灯，伴佛一生。

回来的路上，依旧是那辆破旧的观光车，依旧是颠簸不平的路程。领队老金以其一贯的风格说，不如下车走一走，锻炼锻炼，也领略一下峡谷风光。于是，十几个人在他的率领下，一个跟着一个，踩着泥泞的沙土，像行军队伍一样走出了峡谷。

老金性情活泼，别看不修边幅，大大咧咧，他可是个响当当的“海龟”，在日本留学期间，专攻体育管理，回国后，放弃到国家机关就职的机会，与夫人任明一起，创办了中国徒步网，实现了把爱好与饭碗（事业）结合在一起的愿望。这个组织隶属于国际市民体育联盟，如今，在业界已颇有名气，成为户外爱好者的一个基地。跟着这样的户外专家行走，不由得你不开心快活。

午后的拉卜楞寺

那天的云，是否都已料到，所以脚步才轻巧，以免打扰到我们的时光，因为注定那么少。

风吹着白云飘，你到哪里去了，想你的时候，喔，抬头微笑，知道不知道？

“奶茶”刘若英的一曲《知道不知道》把我们带到了《天下无贼》的拍摄地拉卜楞寺。

拉卜楞寺坐落在海拔 3000 米的安多藏区，是藏传佛教格鲁派（黄教）六大宗主寺院之一，包括六大佛学院，48 座佛殿和昂欠（活佛住所），500 多座僧院，规模仅次于布达拉宫，有“东方梵蒂冈”之称。拉卜楞寺保留有全国最好的藏传佛教教学体系，被誉为“世界藏学府”。

金碧辉煌的拉卜楞寺

寺院内游人不断，但一走进院子，每个人都被那种肃穆的氛围给感染了，抑或是被那种宏大的气势给慑服了，每个人走起路来都蹑手蹑脚，说起话来都轻声细语，仿佛自己已经皈依佛门。在这里，你需要的是用眼观察，用耳倾听，用心感受。

让人过目难忘的是那一眼望不到头的转经长廊。这个长廊有 1700 多个转经桶，3.5 公里长，按照正常速度，转完需要一个半小时。我在廊道里看到一位上年纪的藏族妇女，身背布袋，步履蹒跚，她在挨个转动巨大的经桶时，口中念念有词。虽然听不懂，但我猜想她念的应该是六字真言，也就是韩红《家乡》和朱哲琴《阿姐鼓》中反复吟诵的那六个字：唵（ōng）嘛（mā）呢（nī）叭（bēi）咪（mēi）吽（hōng）。老人目光中透出的那份虔诚，令人肃然起敬。在藏族人心里，转经就是积攒功德，转得越多，功德就越多。

看到这里，脑子里不由浮现出独克宗古城的那座高大转经筒来，这个转经筒高 21 米，重 60 吨，下面安装有滚珠轴承，据说是世界上最大的转经筒。那次，我们四五个人围上去，使出吃奶的力气往前推，转经筒纹丝不动，没办法，只好又唤来几个人，在“一、二、三”的号子声中，这个巨大的转经筒才慢悠悠动了起来。

不久前看到一个消息：香格里拉独克宗古城遭遇火

虔诚的藏族妇女

灾。我在古城的一家客栈住过两个晚上，那些木结构老房子一定难逃厄运，不知这个位于半山坡上的转经筒是否安然无恙？

我本凡俗之人，能够走走世界上最长的转经走廊，推推世界上最大的转经筒，也算是一种缘分。

高原的阳光照在人身上暖暖的，天空湛蓝，正是户外人盼之不得的好天气，跨过一座小桥，一口气爬到晒佛台上。站在山坡上，放眼望去，寺院群落尽收眼底，大大小小的建筑物鳞次栉比，错落有致，气势恢宏。那些藏式建筑的鎏金屋顶和琉璃碧瓦在阳光的反射下散发出瑰丽的光彩，庄严神圣，巍峨壮观。我当时不由冒出一个想法，这简直就是一座巨大的宫殿。

《天下无贼》刚开场有一段万人朝拜和日照金顶的画面，场面宏大，我们虽然没有赶上这种大型法会活动，也没有看到日出景色，但拉扑楞寺建筑群的宏伟气势却让我们感到深深的震撼。

老金不管脏不脏，就势往草地上一躺，摊开四肢，大呼过瘾，然后掏出手机，给驴友晒起照片来。

就在这时，一个老外挎着相机从山脚下气喘吁吁地爬了上来，他在俯瞰拉扑楞寺全貌时，嘴里不由冒出了一句“wonderful”。

天色渐晚，大家开始往山下撤，而那个老外仍旧站在山坡上发呆，也许他是在等待落日，那应当是一个金碧辉煌的宏大场景，一个曼妙的时刻，可惜我们没有时间了……

九曲黄河第一湾

甘南川北一带的地名多带一个“曲”字：碌曲、玛曲、舟曲……，就连河流也不例外：嘎曲、墨曲、热曲……，甚至连马的名字也带有浓厚的地域味道——河曲马。

这些众多的“曲”都是由黄河带来的。

发源于青海巴颜喀拉山的黄河自西向东流入甘南和川北交界处，划出一道美丽的弧线，又流回青海境内，这道弧线被人们称为九曲黄河第一湾。这道美丽的弧线决定了甘南川北的地理特征，也给人们带来了一道难得一见的黄河“蛇曲”美景。

欣赏河流曲线之美最好的办法是登高远望，于是绕过索克藏寺，沿着新修的木栈道一步步向山顶爬去。户外行走考验人的体能，也考验人的意志，3500 米的海拔遏止了多数人的脚步。抬头看看山脚，又看看山顶，不忍放弃，于是和另外两位驴友相互鼓励，继续攀行。

终于爬到山顶，三个人上气不接下气，两腿发颤，但眼前的景色让我们感到力气没有白费。

极目远眺，唐克大草原一望无际地铺陈开来，发源于四川红原的白河由此汇入黄河，两河交汇处，河汊纵横，蜿蜒曲折，“蛇曲”的河水在草地上分割出大大小小的洲岛，河面宽阔，气势浩大，犹如一幅气势磅礴的画卷。近处，索克藏寺和白色佛塔恰到好处地点缀在山坡上，给这里的大自然景色增添了一丝难得的人文气息。

大自然造化之神奇，没见到，无法想象，见到了，惊叹不已。《发现四川：100 个最美观景拍摄地》中有一段话，不妨拿来共享一下：“如果说壶口瀑布是黄河

“蛇曲”的黄河

最波澜壮阔的史诗，那么九曲黄河第一湾无疑是秀美祥和的序曲，在辽阔原野间，在佛塔的注视下，带上高原的纯净，蓄起史诗的力量，回首向北，悄然远去……”

来到山顶，已是日落时分，可惜这一刻云层有些厚，低低的压在山头，不肯散去，无缘拍到传说中的“黄河天上来，红日地中落”美景。老金说，留下一点遗憾，明年可以再来。老金没有食言，第二年夏天，他果然又带领一群驴友走了一趟甘南川北，依然是原来的路线。

也许是要给我们的川北之行再来一个小插曲，结束在九曲黄河第一湾的逗留，来到唐克乡的一家藏族餐馆吃晚饭，一位驴友趁饭菜还没端上桌的功夫，到门口一个小摊上淘货，见到一颗漂亮的狼牙，甚为喜欢，与看摊的小女孩一番讨价还价后，花 100 元买下。

就在大家传看这枚漂亮的狼牙时，一个黑红脸膛的藏族汉子气势汹汹地朝我们冲了过来，嘴里大声嚷嚷着什么。原来，小女孩的老爸回来了，他认为狼牙卖便宜了，要讨回公道。这安多汉子一边大叫，一边取腰中的铁链，那位驴友一看这架势，吓得赶紧把狼牙扔了过去。安多汉子拿到狼牙，二话不说，把 100 元扔到桌上，拽上小女孩，转身就走。

惊魂未定的我们，吓得大气不敢喘，赶紧低头吃饭。饭馆老板娘见状笑呵呵地走了过来，说：“别怕，他样子凶，但人很好，从不动手，他也就是吓唬吓唬你们……”

若尔盖湿地，烧奶的阿妈

若尔盖，有人称其为草原，有人称其为湿地，在我看来，称其为湿地可能更贴切一些。

从甘南一路驶来，进入川北，跃入眼帘的是一望无际的草地，几次深入其中，发现这里的草不是很高，也不是很茂盛，但湖泊溪流遍布，走在松软有弹性的草地上，一不小心就会踏入水洼，没一会儿工夫鞋子就湿透了。

湿地被称为“地球的肾”，主要功能是调节气候，但与此同时也给人们带来了观赏不尽的美景。2005 年，《中国国家地理》评选“中国最美的六大沼泽湿地”，若尔盖湿地名列榜首，另外五块湿地分布在巴音布鲁克、三江平原、黄河三角洲、扎龙自然保护区和辽河三角洲。

天蓝欲滴，草绿如翠，穿行于中国最美的湿地，心情格外爽朗。白色的羊群，黑色的牦牛，炊烟袅袅的牧民帐篷，不时扑入我们的视野。就在大家忘情欣赏车窗外的美景时，坐在副驾驶座位上的老金发出指令：“停车，开始徒步！”于是，司机把车停在路边，大家纷纷下车，进入草地，深一脚浅一脚，开始了两个小时的跋涉。

见到山就想爬，能走路就不坐车，这是户外活动者和普通旅游者的最大不同。一次在饭桌上，一位驴友问我：“你说，旅游和户外有什么区别？”我想了想，回答说：“旅游注重结果，户外注重过程。”我的这一总结得到了大家的认可。作为普通旅游者，常常是上了车之后就直奔景点，到了景点就直奔有代表性的标志，拍完照、买点纪念品之后就上车，坐在车里就睡觉。而作为户外活动者，不仅要到达目的地，还要享受去往目的地的过程。

近年来国际上流行一个概念，叫“徒步旅游”（Trekking Tourism），得到中国徒步网等户外组织的提倡。所谓徒步旅游，是指旅游者以徒步为主要旅行方式，用行走的方式在走近自然景观和人文景观中获得强烈的旅游体验。这一概念正在被越来越多的业内人士和旅游者所接受，随着人们生活水平的提高，健身意识的增强，以及对远山远水的追求，这种旅游方式将成为一种趋势。

绿茵茵的草丛中开着不知名的野花，花香四溢，沁人心脾，间或有一两只蝴蝶翩跹其中，偶尔，还会听到轻微的嗡叫声，那一定是野蜂在你耳边飞过。草地上，几条清浅的小溪静静流淌，还有那一摊摊风干了的牛粪，让人找到久违了的田园牧歌感觉。

几顶黑色的牦牛帐篷前，两位身穿藏袍的小姑娘在忙不迭地挤牛奶。城里人看什么都新鲜，于是乎，长枪短炮，咔嚓咔嚓，一顿狂拍。两个小姑娘头也不抬，只顾挤个不停，估计她们心里一定是在笑：“不就挤个奶吗，有什么好照的？”

终于把食指按酸了，走进帐篷，阵阵奶香扑鼻而来，让人垂涎欲滴。帐篷中间有一个小火炉，上面放着一个铜壶奶锅，燃料是牧民常用的干牛粪。烧奶的藏族阿妈不会说汉语，笑呵呵地用手指了指奶锅，示意我们品尝。我出门注意保护肠胃，不敢造次，但看着这刚刚挤出来的牦牛奶，还是忍不住喝了两碗，感觉就一个字：鲜。据知，牦牛奶的含钙量是普通牛奶的 7~8 倍，在市场上的价格大大高于普通牛奶。

离开帐篷前，老金还嫌不够，用随身带的保温壶灌了满满一壶，然后代表我们全体塞给藏族阿妈 70 元钱，阿妈可能不会点钱，也可能不计较钱多钱少，接过钞票

攥在手里，一个劲朝我们笑。

回到车上，人人大呼过瘾，既亲近了草地和藏族牧民，又达到了锻炼身体、放飞心情的目的。

车子在无边的草地中穿行，道路平坦顺畅，草地上牦牛点点。路边一块平坦的高地上，一群青年男女用手拉成一圈，正在跳锅庄舞，于是停下车来，过去凑凑热闹。

草地上铺着一块塑料布，上面放着食品和饮料，如今的年轻藏族人也时兴郊游。看他们的着装，与汉族人几乎完全一样：皮鞋、牛仔裤、红色羽绒服。如果说有差别，那就是女子多数都戴一个白色口罩，几乎把整个脸都罩住了，这样做的目的是防止高原紫外线和风沙的侵害。

一位藏族女孩朝我们招招手："过来，一起跳吧！"几位驴友禁不起诱惑，加入其中，其余的坐在地上助兴。3500 米的海拔和稀薄的空气对内地人是个考验，不动都觉得喘不过气来，更不用说连唱带跳了。果然，不到 5 分钟，几位上场的"演员"就上气不接下气，跟不上节奏了。

扎尕那，向导贡布

迭部这个名字听起来怪怪的，光从字面看，难解其意，即使追溯回藏语，它的意思也颇令人费解。

在藏语中，迭部的意思是“大拇指”，何来此名？原来，迭部多山，传说有神仙用大拇指在山上摁了一下，于是山分两座：迭山和岷山，两山之间的峡谷就是今天的迭部。

迭部有山，也有水。发源于碌曲县郎木寺的白龙江从迭部境内穿过，在四川广元汇入嘉陵江，最终流入长江。迭部山大沟深，不通火车，没有国道，只有一条沿白龙江修筑的省道横穿境内，要想到达这个地方，不是一件容易的事，因此旅行社很少组织这条线路。

“世之奇伟、瑰怪，非常之观，常在于险远”，越是难以到达的地方，越有值得看的美景，值得听的故事。从一望无际的若尔盖湿地出来，我们一路跌跌撞撞地进入了峰峦叠嶂的迭部山区，开始了一段令人憧憬的行程。

“迭部是如此令人惊叹，如果不把这绝佳的地方拍摄下来，我会感到是一种罪恶。”20世纪初，美国探险家、植物学家约瑟夫·洛克受《国家地理》杂志派遣，到中国西部进行田野考察，当他走进迭部山区时，眼前的景色让他惊呆了，他用近乎夸张的语言说：“我平生未见如此绮丽的景色。如果《创世纪》的作者曾看见迭部的美景，准会把亚当和夏娃的诞生地放在这里。”

洛克盛赞的迭部景色，其精华在扎尕那。

在藏语中，扎尕那的意思是“石匣子”，顾名思义，它坐落在一个群峰环绕的山坳里，如同一座天然岩壁构筑的石城。进入石匣子要经过三道石门，石门道道狭窄逼仄，形同要隘，如果设兵把守，插翅难过。在旅游热没有兴起的年代，扎尕那为石门阻隔，成为一个鲜为人知、鲜为人至的秘境所在，直至今天，知道扎尕那并能够进入石门的人仍然是少之又少。

当地人称扎尕那为“阎王殿”，名字有些吓人，但景色却是“天上人间”。在藏族向导贡布的引领下，我们爬上一块高地，这里植被茂密，绿草如茵，清新的空气在一呼一吸间充溢肺腑。四周环顾，瞥见远处草地上扎着一顶帐篷，走近一看，几位身披绛红色袈裟的年轻喇嘛正坐在草地上欣赏音乐。贡布告诉我们，眼下正是藏族的香浪节时期。香浪，在藏语里是“采薪”的意思，现在已成了甘南藏区的一个重要节日。

老金一见此情此景，立马来了兴趣，背包和登山杖往草地上一扔，跟着节奏，左旋右转跳了起来，其神态动作犹如孩童，谁能想到，这竟是一位年过五十的老“海龟”呢？几位女性驴友一见，立马上来伴舞。绿茵草地，红男绿女，舞姿率性，看得小喇嘛们直入迷。

站在高处向对面望去，山顶云雾缭绕，半山腰的草甸上散落着村寨、青稞架、寺庙、白塔，风景如画。扎尕那，犹如一处梦中的仙境出现在真实的世界，又犹如一位凌然出尘的仙子，飘然来到你的面前。

走下高地，顺着一条山谷行进，又是另一番景色。山谷两侧岩壁耸立，山谷中溪水潺潺，野花芳香，偶有蜂蝶飞过，发出嗡嗡的鸣叫声。走过一座木桥，在溪边蹲下，用手掬一把清凉的泉水，先用鼻子嗅一嗅，再擦一把脸，顿觉神清气爽。贡布说，这条溪水是白龙江的一条小支流，从山里流出来的，没有污染，村里人直接拿它做饮用水，多少年来一直是这样。

贡布的话音刚一落地，抬头间，看到小溪边丢弃的矿泉水瓶、香烟盒、废纸和塑料袋，不知何人所为。在憨厚淳朴的贡布面前，我们这些外来旅游者，真的有些难堪，这是文明人做出的事情吗？

保护生态环境，呵护一草一木，应当是旅游者最基本的常识，最起码的素质。相比之下，户外人对此更为看重。长期从事户外活动的人环保意识都很强，随身都要带一个垃圾袋。一次，在昆明机场，眼见一位年轻女孩把香蕉皮往地上一扔，随后扬长而去。上车之后，领队“随疯”马上以此为例，向我们这个团队里的新手强调了绿色出行的要求。

在贡布的引领下，我们走进村里，来到他的家。贡布的家是一座两层的藏式踏板房，兼作家庭旅馆。贡布的媳妇不会说汉语，见到生人先是腼腆一笑，然后用手指了指厨房，意思是让我们自己动手。原料已经准备齐全，加工不成问题，于是大家开始劈柴、生火、洗菜、淘米、切肉，七手八脚中，一桌丰盛的饭菜很快搞定。

狼吞虎咽中，贡布说，他的家庭旅馆很受欢迎，如今来这儿旅游的人越来越多，夏天旺季要提前预订。贡布说这话时，露出一脸的骄傲与满足。他告诉我们，以前他在家里种地、养牛，只能勉强维持生计，自打办起旅游后，挣了些钱，眼下他正准备扩建家庭旅馆。看他一副踌躇满志的样子，我们连连为他举杯，祝他的生意越来越红火。

欣赏山水美景，品味山区野味，呼吸新鲜空气，大家乐而忘返，驴友续续不住惊叫："太美了！太美了！"接着，她又央求老金："就住这儿吧！就住这儿吧！"可还有下面的行程等着我们，只能依依不舍地与贡布一家人告别，与扎尕那告别。

作家雷达在《天上的扎尕那》一文中，称迭部山区"纯洁无瑕"，有"绝世之美"，但他生怕一宣传开来，游客就会蜂拥而至，使这个人间仙境走了味。他踌躇再三后说，关于扎尕那，他只写这一篇文章，他希望知道的人越少越好。作家的担忧不无道理，石门洞开之日，会不会就是扎尕那不再平静之时呢？

天险腊子口

迭部自然风光美，历史遗迹更有名。由扎尕那出发，沿白龙江东行 100 公里，就是甘川古道上的“咽喉”腊子口。

一路上，白龙江沿岸水电站一个接一个，原本风景秀丽的江岸变成了工地，千疮百孔，满目疮痍。白龙江，一个多好听的名字，我小时候听说过白龙和黑龙打架的故事，白龙由于身单力薄，打不过黑龙，退隐西部山区，蛰伏起来，没想到今日在机械化部队面前，又被打得遍体鳞伤了。据说这些电站的装机容量大多在 10 万千瓦左右，不知这种行为属于西部大开发还是西部大开挖？

腊子口素有天险之称。当年红军长征趟过若尔盖湿地后，向北进入山区，在迭部召开了俄界会议，决定攻占腊子口。甘肃军阀鲁大昌欲凭借天险在腊子口将红军一举歼灭，结果一败涂地。记得小时候看过红军突破天险腊子口的小人书，当地老百姓把红军称为“天兵天将”，说他们是从天上飞下来的。

腊子口战役胜利后，中央红军向东北方向翻越了岷山主峰，到达了陇南宕昌的哈达铺。在一个小小的邮政代办处，战士们找到一张香港《大公报》，上面刊有徐海东率领红 25 军到达陕北与刘志丹会师的消息。毛泽东看到后，兴奋异常，立即做出一个重大决策：到陕北去。因此，哈达铺也被称为是“决定中国工农红军长征命运的重要决策地”。

“更喜岷山千里雪，三军过后尽开颜。”这是毛泽东在翻过岷山后所作《七律·长征》中的一句。此时的毛泽东心情一定是愉悦的，渡过了金沙江和大渡河，走过了草地，翻越了雪山，又明确了行军方向，接下来的任务就是向北行进，再翻过一座六盘山，就可以到达陕北根据地了，还有比这更高兴的事吗？

天险腊子口

说腊子口是“天险”毫不夸张，隘口长 30 米，宽不到 10 米，抬头仰望，峡谷两侧悬崖峭壁对峙，一条窄窄的溪水从峡谷中穿过，水流湍急，响声隆隆。当地老百姓有个说法，说腊子口是“用斧头生生劈开的”，用“一夫当关、万夫莫开”来形容恰如其分。

关口处立有一座纪念碑，题词出自当年率军突破天险的红四团政委杨成武。杨成武被人称为军中“虎将”，一生战功赫赫。我 2003 年 3 月在人民大会堂政协开幕式上见过杨成武将军，此时的他虽已是耄耋之年，但眉宇间仍不乏英武之气。

腊子口游人稀少，博物馆大门紧闭，据说只有单位集体组织红色教育之旅的时候，经事先联系才开放。看来即使是在交通发达的今天，这里也是很难到达的地方，否则凭这里的自然风光和历史遗迹，这条线路早就成为旅游热点了。

不过，游人稀少也是一件好事，尤其是对户外活动者来说。国内有三大藏区——卫藏、康巴和安多，甘南属安多藏区，相比之下，安多藏区更原汁原味一些，其原因就在于它还未被人们认识，未被游客和商业化气息染指，这实在是一件幸事。

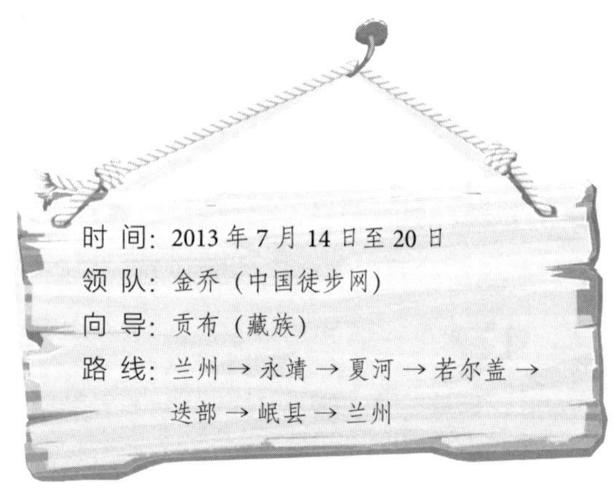

贺兰山下

宁夏川，两头子尖，东靠黄河，西靠吗贺兰山，金川银川米呀粮川……

——《宁夏川》，苏阳乐队

一个人的旅行

我对贺兰山的最初知晓是小时候读了岳飞的那首让人血脉贲张的《满江红》：“靖康耻，犹未雪；臣子恨，何时灭？驾长车，踏破贺兰山缺……”而第一次听人绘声绘色地谈起贺兰山则是在读研期间。

一天，人民大学校园走来一个衣衫褴褛、披头散发的中年男子，只见他步履矫健，直奔阶梯教室。他，就是刚刚用双脚丈量完长城的“独行侠”刘雨田。那天下午，他一个人站在讲台上，神情激动，向大学生们讲述了他刚刚经历的生死之旅。

途经宁夏时，他翻越了贺兰山，发现了鲜为人知的岩画，看到了跳跃的岩羊。在山脚下，他到一户农家借宿，被主人当作要饭的给打了出来。一次，他在雪地里行走，疲乏至极，靠在村外一处草垛旁睡了过去，待醒来时，身体已被冻僵，动弹不得，他意识到这样下去只能被冻死。天无绝人之路，就在这时，冷不丁窜过来一条大黄狗，猛地朝他狂吠几声，他顿时打了个激灵，忽地一下站了起来……讲到动情处时，这位刚强的汉子竟泣不成声。

后来得知，刘雨田是中国第一位职业探险家。1984年，他听说有外国人要徒步中国的长城，顿时坐不住了。很快，他做出一个大胆而又冒险的决定：辞去在乌鲁木齐铁路局的公职，一个人徒步走完长城。在那个还不知道什么是户外和探险的年代，刘雨田的举动不为人理解，他理所当然地被视为“疯子”。

继徒步长城之后，他又用双脚丈量了丝绸之路、黄土高原、罗布泊、神农架，登上了格拉丹冬和昆仑雪山，穿越了塔克拉玛干和古尔班通古特沙漠，十次进藏……

后来的事实证明，刘雨田的举动在中国民间探险史上具有开拓意义，后来又有上海的余纯顺、四川的邓廷良、黑龙江的雷殿生……在这些先行者的带动和影响下，中国徒步网、国际古道网、绿野网、雪山雄鹰等户外组织如雨后春笋般出现，引来无数的爱好者和参与者。《远方的家一边疆行》节目播出后，没想到竟大受欢迎，连出续集，盗版光盘上了地摊；原本专业性很强、无人问津的《中国国家地理》成了畅销杂志，摆到了街头报亭。

刘雨田的讲述给了我一个最初的宁夏情结，贺兰山在向我遥遥招手，但也许是机缘未到，等到真正踏上这块两头子尖的土地，已是 20 多年以后。

细数起来，在国内 34 个省（区、市）中，宁夏是我最后踏足的地方，然而，第一次去就喜欢上了这块“东靠黄河、西靠贺兰山”的袖珍之地，结果一年内竟去了三次，正应了西方那句谚语：不雨则已，一雨倾盆（It doesn't rain，But it pours）。

三次宁夏之行中，有两次登上了贺兰山，其中一次还翻越了三关口，到了内蒙古的阿拉善左旗，也就是腾格里沙漠的所在地。

岩画，岩羊

贺兰山南北走向，与北上的黄河并行，西麓是腾格里沙漠，东麓是银川平原。有学者考证，贺兰山即远古神话传说中的“不周山”（一说昆仑山），即共工和颛顼为争夺帝位而大动干戈的地方。共工在大战中惨败，怒触不周山，导致天柱折，地维绝，天倾西北，地不满东南。

岁月失语，唯石能言，远古的神话传说今天很难找到踪影，但古代先民在贺兰山石壁上留下的痕迹却清晰可见，这个痕迹就是贺兰山岩画。

一条欢快的小溪沿贺兰口沟谷穿过，循小溪前行，不经意间，就会在两侧的石壁上发现造型各异的岩画。这些岩画的内容多为人面像，还有羊、牛、马、驴、鹿、鸟、狼等动物形象，生活气息浓厚，想象力丰富。以今天的眼光看，这些岩画作品在艺术上未免简单、粗糙和笨拙，但想想看，在几千年前那个战乱纷起、野兽横行、食不果腹、衣不蔽体的年代，能够创造出这样的作品，不能不令人称绝。

一天前在宁夏博物馆参观时，听李彤副馆长说，在国内发现的众多岩画中，贺兰山岩画最有代表性，它是春秋战国时期生活在北方的西戎、羌氏、匈奴、鲜卑、突厥、党项等游牧民族在石崖上留下的痕迹。他带我们来到一个展台前，指着一幅大型的人面像拓片说，这就是有名的太阳神岩画，贺兰山岩画申遗的代表作，明天你们去贺兰口就会发现。

抱着急切的心情，一路寻找，没一会儿，就在半山腰的一块崖壁上发现了这幅镇山之宝。一见此景，急不可待，于是手拽枯枝，脚蹬岩石，一路攀爬，来到太阳神岩画脚下。仔细观赏，画面中的人像阔鼻圆眼，头部有放射性线条射出，构图朴实清新，造型粗犷自然。特别之处在于，在这幅图画中，人与太阳融为了一体，古代先民对太阳图腾的崇拜和对美好生活的向往“跃然壁上”。

太阳神岩画

《中国国家地理》称贺兰山岩画群是“史前人类艺术长廊”。沟口处有一座岩画博物馆，据介绍，我国南方和北方都有岩画发现，区别在于，南方的岩画是用颜料涂绘在岩壁上的，而北方的岩画是刻凿在岩壁上的。在此之前，只是听人说起过岩画，但不知为何物，这次在贺兰山扫了盲，是此行的一大收获。

就在我们一路寻找岩画时，不知从什么地方窜出一只小动物，开始吓了一跳，继而兴奋不已，原来这就是罕见的岩羊。在修路民工的指点下，我们又在崖壁上发现了几只跳跃自如的岩羊，有一只正站在山顶的一块岩石上四处张望，逆光看过去，犹如一道剪影。这些小家伙的毛色和岩石十分接近，如果不在跳动中，很难发现。千百年来，岩羊在自然进化和优胜劣汰中找到了自己的生存方式，也找到了保护自己的方式，它们的毛色就是证明。

几只岩羊在溪边觅食饮水，近距离观察，这些小精灵灰背、白肚、黑尾，公羊头上长着两只弯月形的犄角，样子十分可爱。一只年岁较小的岩羊见我们过来，直脖昂头，瞪着两只大大的眼睛，与我们目光对视起来，似乎在说："你来干什么，这是我的地盘。"

说来也巧，从宁夏回来后，去了趟内蒙古的克什克腾旗，在那里，听说达里诺尔湖北岸的砧子山上有岩画，于是来了兴趣，与朋友相约前往。

午后的草原天高云淡，风和日丽，踩着山坡上粗粝的碎石，蹚过蜇人的"哈拉海"野草，一路攀爬寻找，终于在半山腰上发现了岩画的藏身之处。这些岩画刻凿在石壁上，内容和风格与贺兰山岩画相仿，同样的原始、同样的古朴，但数量远不及贺兰山岩画多。

碰巧的是，我们在半山腰上也遇见了两只蹦蹦跳跳的岩羊，不过这两只岩羊警惕性很高，见到人就跑，我猜想可能是因为来这里的人寥寥无几，小动物们很少见到我们这些只有两条腿的异类。

日落王陵

多年前，我去青岛参加一个区域经济发展会议，与《经济日报》资深记者老曾住在一个房间。老曾是北京人，曾到宁夏插队，可能受其岳父，历史学家周一良教授的影响，干活之余就借地利之便研究起西夏历史来。

有一次与老曾聊天，他跟我说："二十四史中没有西夏，但这段历史很有意思，西夏王陵很值得一看。"老曾的话给我留下了一个最初的西夏情结。

从银川出发，向西行驶35公里，就到了贺兰山脚下。眼前，就是被誉为"东方金字塔"的西夏王陵。陵园门口，竖立着一块高大的西夏文石碑拓片，似乎是在提醒人们，这里是西夏的大门。

石碑上的文字如同史书中残破的一页，述说着那段边缘化的历史。我在石碑前驻足揣摩了好一阵子，试图能够"破译"一两个文字，结果发现是徒劳的，无奈之下，只好发出一声"天书"的感慨。

走进陵区，在长10公里，宽5公里的范围内，像布阵一样排列着9座帝王陵墓。一座座土黄色的陵丘，在贺兰山脚下连绵展开，在阳光照映下，金光灿烂，蔚为壮观。我去过埃及，相比之下，这些"土丘"远没有埃及用巨石堆砌起来的金字塔宏伟高大，但规模和气势

西夏，一段边缘化的历史

却令人震撼。

太阳即将落山，走到一座高大的陵丘后面，对着夕阳照下几张逆光像，一幅“日落王陵”的景象被收入镜头。

走进西夏博物馆大门，迎面可以看到几尊用来驮石碑的基座，上面刻着处于蜷缩状态的力士像。这些力士个个神态刚毅、勇武彪悍，似乎是在积蓄力量，准备时刻迸发，也许这象征着党项人不屈服的性格。

徜徉中，我突生一个感悟，在中原，用来驮石碑的是神龟，而在西夏，用来驮石碑的是人，也许从中可以看出中原汉文化与西北党项族文化的些微差别——一个相信神的力量，一个相信人的力量。

史书记载，西夏是十一世纪初由党项人建立的王朝，在其存在的189年间，其疆域“东尽黄河，西界玉门，南接萧关，北控大漠，地方万余里”，包括今宁夏、甘肃大部，内蒙古西部、陕西北部、青海东部、新疆东部及蒙古南部的广大地域。前期与北宋、辽平分秋色，中后期与南宋、金鼎足而立，人称“雄踞西北两百年，三分天下居其一”。

卧榻之侧岂容他人鼾睡，策马驰骋的成吉思汗不允许身边有这样一个强悍而又不听话的邻居。经过连年征讨，蒙古大军于1227年攻下西夏首府兴庆府，即今天的银川市，西夏国最终灭亡。据说成吉思汗就是在第六次征讨西夏时在六盘山下殒命的。我在鄂尔多斯参观成吉思汗陵时，看到一种说法，成吉思汗的临终遗言就是：灭掉西夏。

西夏，犹如一颗耀眼的流星，瞬间划过西北的夜空，消失在大漠戈壁中，在此后的几百年中无人记起。

李彤说，国内过去对西夏研究不够，有“西夏在中国，西夏学在国外”之说。导致这一现象的原因，一是西夏文物留存不多，或者被毁，或者被外国人盗走；二是西夏文字古怪难懂，长期以来无人识得。

我在河西走廊东端起点的武威见过“西夏碑”，这块石碑一面是西夏文，一面是汉文，一一对应，内容相同，它为解开西夏文字的奥秘打开了一扇门，但进一步的深入研究却因缺乏文献支持而步履维艰。

20 世纪初，俄国探险家科兹洛夫一行到内蒙古额济纳的黑城探宝，将一本能够破译西夏文的双解字典《番汉合十掌中珠》盗走，存放在圣彼得堡东方研究院，以致后来的中国学者不得不千里迢迢去别人家取自己的经。

张贤亮与荒凉的古堡

20 世纪 60 年代，作家张贤亮在镇北堡接受劳改，改革开放后，他把这座位于贺兰山下的荒凉古堡推介给影视界。1993 年，他由 78 万元起家，成立了镇北堡西部影城有限公司，开始了中国电影的商业化运作，用张贤亮自己的话说，这是“出卖荒凉”。

我的朋友邹蓝与张贤亮有交往，据他在西部游记《喀什噶尔的风》中透露，张贤亮劳改时曾自学过《资本论》，可见作家是有经济头脑的。为文化事业“筑巢引凤”，张贤亮可称得上是国内第一人。影视城门口有条醒目的标语：中国电影从这里走向世界，而这背后的功臣应当首推老爷子张贤亮。

我是带着崇敬的心情来参观西部影视城的，一方面是缘于我的电影情结，我喜欢的几部影片如《牧马人》《红高粱》《黄河绝恋》《嘎达梅林》《双旗镇刀客》和《新龙门客栈》等都是在此拍摄或取景的。另一方面是缘于小说情结，读研期间，恰逢《绿化树》和《男人的一半是女人》问世，校园里掀起了一股张贤亮热，那时候的学生一见面言必谈“马缨花”。记得我隔壁宿舍147房间的荣剑博士曾组织一群文学青年开过《绿化树》研讨会，大学生们就小说中人物的寓意争论不休。

走进古堡，一个个在影片中似曾相识的水井、酿酒作坊、铁匠营和破旧茶楼出现在眼前。屋内，更有过去年代用过的纺车、农具、笸箩、灶台等用具，墙上挂着的年画和黑白结婚照，让人忆起逝去的光阴。此前，我去过浙江横店影视城，美国好莱坞影视城，给我的感觉，宁夏西部影视城生活气息更浓一些，更接近地气一些，难怪这里能拍出那么多爱得要死、土得掉渣的影片。

最吸引眼球的莫过于《红高粱》中十八里坡的那道高耸的“月亮门”，那是“我爷爷”“我奶奶”还有“罗汉大叔”走过活过的地方。这时，只听有人吼了一声“妹妹你大胆往前走，往前走，莫回头……”也许，只有这样的地方才配唱这样的歌。

走上黄土高坡，从月亮门中穿过，发现它完全由土坯砌成，原始古朴，不加雕饰，但其造型的艺术性和那种荒凉肃杀的意境却使它成为影视作品中的经典镜头。

巧的是，此前，得知莫言获诺贝尔文学奖的消息后，我把《红高粱》DVD找出来又回顾了一遍，没想到刚

电影《红高粱》里的十八里坡

看完没多久，自己就置身在了那道弯弯的月亮门下，颇有一种穿越之感。

过三关口

《中国国家地理》称宁夏是“贺兰山护着，黄河爱着的地方”，我对这句话深有感触。

第一次去宁夏时，由沙坡头返回，路过灵武，在黄河岸边小憩，等待拍摄黄河落日的景象。夕阳的余晖下，晚风徐徐，杨柳依依，河水泛着金波，两岸良田万顷，阡陌纵横，恍惚中，以为自己置身于江南，到了长江岸边。朋友告诉我，这就是银川平原。

铁马秋风塞北，杏花春雨江南。在人们眼中，处于西北干旱地区的宁夏，其特征应当是沙漠、戈壁、荒滩，缘何有“塞上江南”般的景色？

宁夏的“塞上江南”要归功于贺兰山。如果你行走在银川平原上，猛然间抬头，看到一座高大巍峨、层峦叠嶂的山体，那一定是贺兰山。贺兰山是一道天然屏障，它挡住了来自西伯利亚的寒冷气流，在东麓孕育了一块湿润富庶的银川平原；同时，它又阻止了东南季风的长驱直入，在西麓孕育了一个浩瀚无垠的腾格里沙漠。

就是这样一道横空出世的山体，造就了两个完全不同的世界。

那次，我与朋友乘车从银川出发，由三关口翻越贺兰山，待车子下到贺兰山西麓，来到内蒙古阿拉善左旗地界时，发现山脚下是大片的戈壁滩，过了戈壁滩就是苍茫无际的腾格里沙漠，与东麓的“米粮川”银川平原相比大相径庭。

不光是自然景观不同，就连人文风情也不同：山这边是头戴白帽的回族人，山那边是身穿长袍的蒙古族人；山这边信的是真主，山那边信的是佛祖；山这边唱的是欢快委婉的《尕妹妹的山丹花儿开》，山那边唱的是高亢雄浑的《苍天般的阿拉善》……

在银川之南的永宁县黄河岸边，有一座回乡文化园，依托纳家户清真大寺修建，回族风情浓郁，伊斯兰礼拜殿金碧辉煌，曼苏尔宫回民小吃风味地道，阿依莎宫每天一场的《月上贺兰》舞剧常演不衰。

在贺兰山西麓的巴彦浩特镇，有一座阿拉善广宗寺，也就是有名的南寺。8座高大的白色佛塔在山脚下一字排开，圣洁庄严，蔚为壮观，让人想起青海塔尔寺门前的八宝如意塔，只是这里少了几许人头攒动，多了几许孤寂荒凉。传说，那位善写情诗、风流倜傥的活佛——六世达赖喇嘛仓央嘉措曾流浪到此，弘扬佛法。寺院外有一座残破的佛塔，传说那就是仓央嘉措的肉身灵塔。

贺兰山西麓，广宗寺门前一字排开的佛塔

东西两处建筑，一处属于伊斯兰教，一处属于藏传佛教，人文风情截然不同。

贺兰山是一座屏障，也是一座桥梁，两边的人通过山上的关口彼此往来，从未断绝。相比之下，由阿拉善到银川来的人更多一些，原因很简单，银川是“金川、银川、米粮川”的所在地，又是省会城市，比处在腾格里沙漠边缘的阿拉善要繁华富庶许多。走在银川的街头，可以看到很多来此求学、打工的内蒙古人。

朋友老马是土生土长的回族人，生在银川，长在银川，而他的媳妇则是蒙古族人，生在阿拉善，长在阿拉善。有人在车上半开玩笑问老马，为啥到那边儿找对象？是不是那边儿的姑娘不要彩礼？老马的回答让人捧腹：那边的媳妇疼男人。

在巴彦浩特镇，我们见到了老马的岳母——一位身穿蒙古族长袍的老太太，她听说有客人要来，早早订下了一桌蒙餐，等候我们。还没走进屋，手抓肉和奶茶的香味扑鼻而来，让人垂涎欲滴。

赶巧的是，老太太在旗歌舞团工作的女儿和女婿正好在附近演出，也乘机赶了过来。一曲浑厚悠远的《鸿雁》过后，就是蒙古族人的敬酒礼节。我虽然不善饮酒，但在草原民族的热情豪放面前，也鼓起勇气抿了几口热辣辣的白酒，接着又被拉上台唱歌。

我平日里喜欢听草原歌曲，是降央卓玛、乌兰托娅、布仁巴雅尔和呼斯楞的粉丝，虽然缺乏歌唱天赋，但对草原歌曲的调子和歌词都不陌生，于是在“女婿”的马头琴伴奏下，扯开嗓子，吼了一段《父亲的草原母亲的河》，权且助兴一二。

呼伦贝尔的夏天

醉美草原

在草原牧人中，流传着一个凄美的爱情故事：

蒙古族部落里有一对青年男女，女的才貌双全，能歌善舞，名叫呼伦；男的力大无比，能骑善射，名叫贝尔。一天，妖魔前来施法，一时间狂风大作，天昏地暗。呼伦和贝尔挺身而出，与妖魔搏杀，最后，两人化作一大一小两处湖水，淹死了众妖，草原转危为安。

这一大一小的两处湖水就是今天的呼伦湖和贝尔湖，这片神奇的草原就是呼伦贝尔大草原。

俗话说，7月看花，8月看草，我们来到呼伦贝尔的时间是8月中旬，正是草原上雨水充沛，野草疯长的季节。由海拉尔前往呼伦湖，天，越走越蓝，云，越走越白。打开车窗，青草气息拂面而来，伴随的还有淡淡的牛粪味，让人有回归田野、回归自然的感觉。

蓝天白云下，牛羊星星点点，如珍珠般散落在绿色的草地上。一个牧人骑在马上，手中的套马杆不时挥动几下，其潇洒恰如军队的指挥官。

道路平坦笔直，偶尔有一点坡度，也是缓缓地上升，缓缓地下降，如果不是远望，丝毫感觉不到。司机小杜说，在草原上开车很容易轻敌，因为路太好了，很多人一看到天高地阔一望无际的大草原，心情舒畅，油门一踩，就上到了100多迈，一旦遇到情况，想刹车都来不及。

此前，我去过希拉穆仁和辉腾锡勒草原，这两处草原虽说也是一望无际，但近看，牧草矮小瘦弱，根部裸露。以我之见，这些草原称作草甸可能更为合适一些。另外两处比较大的草原我没有去过，一处是锡林郭勒草原，也就是《狼图腾》故事的发生地；一处是科尔沁草原，也就是《嘎达梅林》故事的发生地。

不过，据我的朋友小徐讲，这两处草原沙化和退化现象很严重，科尔沁草原只能称为“沙地”，目前在内蒙古只有呼伦贝尔草原才称得上是真正的草原，也是最好的牧区。

小徐原在呼和浩特工作，一年前经我介绍来到北京，进入国内一家知名信托公司。他听说我喜欢草原歌曲，喜欢他的家乡，非常高兴，他建议我去趟呼伦贝尔，并即刻联系他在海拉尔的同学，为我们安排了这次短暂的周末行程。

呼伦贝尔大草原，天高云淡，水肥草美

小徐的话不假，呼伦湖畔，野草茂盛，草枝柔软，深可没膝，风吹草动，波浪起伏，一派“天苍苍，野茫茫，风吹草低见牛羊”的醉人景象。站在呼伦湖畔，看着辽阔无边的草原，耳畔不由响起布仁巴雅尔的歌声：

我的心爱在天边，
天边有一片辽阔的大草原。
茫茫草原天地间，
洁白的蒙古包散落在河边。

我的心爱在高山，
高山深处是金色的兴安。
巍巍兴安云海间，
矫健的雄鹰俯瞰着草原。
……

布仁是我最喜欢的草原歌手，他的每一首歌对我来说都是百听不厌，我在音乐网上把他的作品基本都搜集齐了，下载到了电脑和手机上，没事就打开听听。

从小在新巴尔虎左旗长大的布仁对家乡有着深深的眷恋之情，他的歌曲悠扬朴实，带着草叶的清香，泥土的芬芳。听他的歌，你会不由自主地沉醉其中，忘掉城市的喧嚣、人世的沉浮，心胸变得如草原般宽阔。如今来到他歌中的草原，这种感觉更加强烈。

呼伦贝尔的草为何生长得如此茂盛？答案是因为这里有充沛的水源。在呼伦贝尔草原上，大大小小的湖泊有上百个，呼伦湖和贝尔湖是其中最大的两个；此外，还有上千条蜿蜒曲折的河流，作为黑龙江源头的克鲁伦河和额尔古纳河只是流经呼伦贝尔草原众多河流中最大的两条。在海拉尔到呼伦湖的路上，不时会看到一汪汪的水泡子和纵横交错的小溪流，牛羊三三两两地在水边饮水吃草，给人的感觉这里就是水乡泽国。

路过一处低洼地，溪水漫延到了路面上，一辆越野车在前面小心翼翼地行驶，车轮激起的水雾落在挡风板上，飘飘洒洒，迷迷茫茫。司机小杜打开了雨刷器，试探前行。

呼伦贝尔为何有如此充沛的水源？答案是因为有大兴安岭。大兴安岭是蒙古高原和松嫩平原的分水岭，按照《中国国家地理》的说法，大兴安岭是林海，也是水塔，它源源不断地向草原输水，离山体越近，水源越丰富，草地越湿润，草也就长得越茂盛。蒙古草原的年均降雨量在 300 毫米以下，而蒸发量却在 2000 毫米以上，草原的滋养几乎全部仰赖从大兴安岭流下来的溪流。

《走上这高高的兴安岭》是一首家喻户晓的老歌，最早的演唱者是老一辈男高音歌唱家吕文科和姜嘉锵，近来又有王宏伟和齐峰等年轻歌手在翻唱。听歌曲的名字，容易产生一种错觉，以为大兴安岭是一座高大巍峨的山，实际上，在国内的众多山脉中，大兴安岭只是一座普通的山，其最高峰海拔只有 2000 米多一点点。

去内蒙古克什克腾旗旅行的那次，一天，由阿斯哈图石林前往赤峰，途中，司机指着远处一道平缓的山冈，对我说："那就是黄岗梁，大兴安岭的最高峰。"

司机的话让我感到吃惊，如果不说出来，怎么也想不到，这样一座看起来平平凡凡的山冈竟然就是赫赫有名的大兴安岭的最高峰。但就是这样一座山，却孕育了如此丰富的水源，造就出一个中国最大、最丰茂的草原——呼伦贝尔大草原，大自然的神奇尽在其中。

游牧民族的摇篮

1961 年夏，历史学家翦伯赞应乌兰夫的邀请，和范文澜、吕振羽到内蒙古考察，回到北京后，这位蜚声中外的历史学家一气呵成，写下了一篇情文并茂的游记《内蒙访古》，发表在《人民日报》上，后被收入中学语文课本。

辽阔无垠的大草原给翦伯赞留下了美好印象，但作为历史学家，他更看重的是这里厚重的人文和历史，他称这里是“游牧民族的摇篮”：“中国历史上的大多数游牧民族，如鲜卑人、契丹人、女真人、蒙古人都是在这个摇篮里长大的，又都在这里度过了他们的青春时代。”

这位历史学家用极富文学色彩的语言写道：假如整个内蒙是游牧民族的历史舞台，那么呼伦贝尔草原就是这个历史舞台的后台。很多游牧民族都是在这里打扮好了，然后才走出马门。当他们走出马门的时候，已经不仅是一群牧人，而是一群全副武装的骑手，他们总想把万里长城打破一个缺口，走进黄河流域……

在游牧民族眼里，呼伦贝尔草原是上天赐予的一片大牧场，是他们繁衍、生息的最好居所。12 世纪末至 13 世纪初，一代天骄成吉思汗在这里纵马驰骋，与各部落争雄，最终占据了整个呼伦贝尔草原。有了这块水肥草美、牧马成群的基地，蒙古人不愁随时跃马扬鞭，挥师南下，直取中原。

去往额尔古纳的路上，有一座金帐汗蒙古部落大营，再现了当年成吉思汗叱咤草原的场景。草地上停放的几辆辘辘车让人联想到，当年这些游牧民族就是坐着这样的交通工具，赶着牛羊，浩浩荡荡，往来迁徙，寻找水草丰美之地的。看介绍，冯小宁导演的《嘎达梅林》在这里拍摄，这部影片我很早就看过，片中的插曲带有呼麦味道，很让人喜欢。

时至今日，北方游牧民族在阴山以南留下的痕迹仍有很多，比如大同的云冈石窟和洛阳的龙门石窟，都是由入主黄河流域的北魏王朝建造的，而北魏王朝的祖先是鲜卑拓跋氏，起源于呼伦贝尔北部大兴安岭东麓的嘎仙洞。

如今，生活在呼伦贝尔草原的游牧民族除了蒙古族外，还有鄂温克、鄂伦春和达斡尔等少数民族。在黑龙江女作家迟子建的《额尔古纳河右岸》中，女主人公玛利亚·索是鄂温克部落最后一任女酋长，已年近 90 岁。该书以鄂温克族百年沧桑的历史为舞台，讲述了他们的“顽强坚守和文化变迁”，获得第七届茅盾文学奖。

怀揣这个情节，在海拉尔停留期间，我两次到鄂温克族自治旗巴彦托海镇参观了鄂温克博物馆。之所以两次去，是因为那天从额尔古纳湿地返回的时间有点晚，只匆匆看了几眼就闭馆了，意犹未尽，第二天上午又抽空去细细看了一次。

据考证，这些鄂温克族人数百年前由贝加尔湖畔迁徙至此，他们以饲养驯鹿为生，被称为“最后的狩猎部落”。驯鹿又叫“四不像”：鹿角、马头、驴身、牛蹄。能集四种动物的优点于一身，可谓神兽。驯鹿也是鄂温克族人方便实用的交通工具，博物馆里展示有一辆鹿拉爬犁，用树干做成，与马拉爬犁几乎一模一样，不难看出，鄂温克族人是把驯鹿当作马来使用的。

鄂温克族人信奉萨满教，相信万物有灵，在他们看来，大地、日月、山川、溪流、草木、飞禽都是有灵性的，人与神灵可以对话。一旦部落里有人患了疾病、驯鹿发生瘟疫、久旱不雨，鄂温克族人就要请巫师跳萨满舞，祈福去灾。这让我想起小时候在东北农村看过的跳大神，它也是萨满舞的一种。小孩子看什么都新奇，更不用说看那个装扮古怪的巫师在那里连跳带叫了。村子里的大人们相信，这种神秘仪式能够驱邪治病，比吃药还灵，他们宁信萨满，不信大夫。

小说《额尔古纳河右岸》开头处，有这样一段描写：

玛利亚·索的姐姐列娜发高烧，不吃不喝，说胡话，她的父亲在希楞柱中搭了一个棚子，请尼都萨满给列娜跳神。尼都萨满身披沉重的神衣，敲打神鼓，边舞边唱，从黄昏一直跳到星星出来，就在他精疲力竭倒下的一瞬间，列娜突然坐了起来，朝母亲要水喝，还说她饿了。尼都萨满醒后说，一只灰色的驯鹿代替列娜去一个黑暗的世界了。当玛利亚·索走出希楞柱时，发现果然有一头小驯鹿一动不动地躺在地上。

“鄂温克”一词的本意是“住在山林里的人”。十多年前，政府在山下建了定居点，动员鄂温克族人下山，并收走了他们的猎枪。但很多鄂温克族人不适应这种现代的生活方式，他们产生了失落感，很多人开始酗酒，有人偷偷搬回了他们祖辈生活过的大森林，重新过起了狩猎生活。

2012年，《中国国家地理》策划了一次“穿越内蒙古高原”行动，其间对玛利亚·索进行了采访。

“一想到鄂温克人没有猎枪，没有森林，没有放驯鹿的地方，我就想哭，做梦都在哭。”在一顶幽暗的撮罗子里，鄂温克族最后一任女酋长玛利亚·索坐在袍皮褥子上，喃喃自语，眼神中露出迷惑，声音中透出无奈。

满洲里，口岸之最

在边疆地区行走，口岸及附属的国门和界碑是重要看点。陆路口岸都位于边境线上，地处偏远，其风光和风情与内地迥然不同，这是吸引人们远足边疆的主要动因。

如果论口岸“之最”，在我的印象中，最深的是这么几个地方：

最值得去的是红其拉甫口岸。从喀什驱车南下，没多久就翻上了帕米尔高原，雪山、峡谷、湖泊、古堡，一路风景。400 公里后到达红其拉甫山口，过 7 号界碑就是巴基斯坦实际控制区克什米尔，山口海拔 5100 米，终年白雪皑皑。

最有沧桑感的是友谊关口岸。这座关口自汉代设立以后一直没消停过，光从名字上就能看出来：大南关、镇南关、睦南关、友谊关。1979 年中越边境自卫还击作战，友谊关是主战场，而现在，它是中越两国之间最重要的运输通道。

最具异域风情的是瑞丽口岸。几棵高大的椰子树旁，矗立着一座建筑风格类似佛塔的国门，遍街缅甸玉石翡翠。几个花枝招展的“人妖”在国门前卖弄风骚，只要出 20 元就可以和她们（他们）合个影，引来不少游人跃跃欲试。

最热闹的是绥芬河口岸。我去海参崴（符拉迪沃斯托克市）时，出境走的是铁路口岸，入境走的是公路口岸。不管哪个口岸，都是熙熙攘攘，满眼大小包裹，躲都躲不开。

最不为人知的是磨憨口岸。我2013年春节去西双版纳，到了与老挝接壤的勐腊县磨憨镇，这里也是起自兰州的213国道的终点，昆明到曼谷的昆曼公路由此出境。我在口岸处给几个朋友发过年问候短信，马上就有人回复：磨憨？啥地方？

最冷清的是密山口岸。国旗飘扬，过关通道紧锁，国门前有几间用木板搭建的店铺，售卖俄罗斯套娃娃、伏特加、巧克力、望远镜之类的特产，售货员比顾客还多。

这次的呼伦贝尔之行，又遇到了一个“口岸之最”，这就是中国最大的陆路口岸——满洲里口岸。

20世纪初，随着中东铁路的修建，满洲里海关应运而生。历经百年风雨，满洲里如今已成为中国最大的陆路口岸，过货量占中俄陆路贸易的65%，贸易方式包括易货、现汇、旅游和转口。与此同时，它也被打造成了一个展示百年沧桑历史的国家4A级旅游景区。

步入景区，最引人注目的是一道乳白色国门，这是我在边境地区见过的最大的国门，长105米，高43米，

满洲里国门前有世界上最大的套娃

宽 46 米，有电梯直通楼上。如果天气好，可以在楼上借助望远镜看到 9 公里外的俄罗斯小镇后贝加尔斯克。最特别之处是，中俄国际铁路从国门下穿过，这时恰好有一辆货车从俄罗斯方向开了过来，车厢里空空荡荡，显然是到这边来拉货的。

列车从一国境内驶入另一国境内，在边境地区不足为奇，但在中俄边境却暗藏玄机。我小时候在铁道边长大，听大人讲，苏联的轨距比中国的宽，但谁都没见过，具体怎么回事也说不清楚。一次，我在食堂吃饭时与一位同事聊天，得知他研究生毕业于北大，学的是独联体经济。苏联解体后的一段时间里，他曾在中俄国际列车上当过翻译，频繁往返于北京—莫斯科之间。他告诉我，俄罗斯用的是宽轨，轨距 1524 毫米，中国用的是标准轨，轨距 1435 毫米，火车过境时要在满洲里火车站更换车轮，这个过程很麻烦，但没办法，多少年一直是这样。

满洲里火车站是 100 多年前中东铁路铺入中国后的第一站，有特殊地位，遗憾的是，老站舍已在十几年前被拆除，取而代之的是一座毫无特色的钢筋水泥建筑。我在哈尔滨索菲亚教堂花 300 元买到一本厚厚的画册《建筑艺术长廊——中东铁路老建筑寻踪》，看旧时的图片，当年的满洲里火车站造型相当漂亮，新艺术运动风格，类似更早一些时候被拆除的哈尔滨火车站。

历史上，满洲里国门四次更换，每次更换都带有强烈的时代印记：第一代国门建于 1900 年，用一根带有俄国国徽双头鹰的木桩代替；第二代国门建于 1920 年，木制拱形门上面写有“中苏门”三个字；第三代国门建于 1968 年，是为了适应“反修防修”的需要建立的一个检查出入境车辆的铁桥，上面写着“全世界无产者联合起来”；第四代国门建于 1989 年，用一枚国徽和“中华人民共和国”几个字替换了政治口号；现在使用的是第五代国门，建于 2008 年。

就是这样一扇门，在历史上承担了无数重任，被称为一条“国际秘密通道”。

1920 年，由共产国际派遣到中国筹建共产党的马林和维经斯基，乘火车由此入境；1928 年 6 月，中共六大在莫斯科郊外召开，前去参会的代表周恩来、张国焘、瞿秋白、李立三、邓颖超、蔡畅、罗章龙等人，乘火车由此出境；1949 年 12 月，毛泽东乘坐一辆由“亚细亚”蒸汽机车牵引的专列访问苏联，由此出境。

如今，这辆老旧的蒸汽机车静静地停卧在国门前的一块空地上，与荒草相伴，无言地述说着满洲里国门的百年沧桑。

海拉尔要塞，东方马奇诺防线

由海拉尔市区出发，向北行驶 2 公里，就是闻名遐迩的海拉尔要塞。当年，日本关东军在东北边境修筑了 15 处军事要塞，海拉尔要塞是其中最大的一处，遗址至今保存完好，现已被建成“世界反法西斯战争海拉尔纪念园”，属国家 5A 级战争主题公园。

“九一八”事变后，日本把与苏联国境接近的北满和东满视为战略要地。东京参谋本部经过实地考察后认为，海拉尔位于满洲里腹地，东倚大兴安岭屏障，可以起到扼守中苏、中蒙边境通道的作用，是修筑要塞的最佳选择地点。

当年，日军为修筑这个工事花费的人力和物力无以计数。大兴安岭的冬季漫长寒冷，日军以“招工”的名义从东北、河北、山东等地抓来数万名民工，强迫他们从事不堪重负的劳动，累死、病死、冻死和折磨致死者不计其数。工事完成后，为保密起见，日军将这些劳工成批枪杀、活埋。时至今日，在海拉尔河北岸敖包山和北山之间的沙地上，仍然可以看到劳工的累累白骨。我小时候在东北山村听大人们说过，那时候村子里有人出劳工，给日本鬼子修工事，常常是有去无回。

被称为“东方马奇诺防线”的海拉尔要塞坚固程度堪称世界一流。地下工事距地面 15 米，由钢筋混凝土筑成，通道总长 4000 米，在 5000 平方米的空间内建有指挥室、通信室、医疗室、宿舍、弹药库，作战和生活需要一应俱全，有苏联战地记者称其为“地下城市”。地面部分则布满了以碉堡为主的火力点，组成了一个坚固的碉堡群。

我参观过东宁要塞和虎头要塞，就地面设施看，感觉海拉尔要塞比这两个要塞都要完善，几个高大的碉堡仍然完好无损地矗立在地面上。还有那一辆辆停放在草地上的军车、火炮、坦克，给人一种宏大的气势。

但就是这样一个“坚不可摧”的堡垒群，在苏军强大的火炮和坦克面前还是顷刻间就土崩瓦解了。

1945 年 8 月，苏联红军根据《雅尔塔协定》发动了满洲战役。8 月 9 日零时，苏军在炮兵和坦克配合下，以摧枯拉朽之势，渡过额尔古纳河和莫尔格勒河，占领了海拉尔市区。日军主力退缩于要塞内，负隅顽抗，苏军使用炸药、爆破筒、集束炸弹和燃烧汽油，一举歼灭了困守要塞的日军主力。

海拉尔要塞碉堡群

8 月 15 日，日本天皇宣布无条件投降，困在地下的日军残余听到无线电广播后，纷纷挂出白旗。此次战役苏联红军也付出了沉重代价，在海拉尔东郊小孤山上，有 24 座苏军烈士合葬墓，石碑上标明：这里安葬着以上校普什卡列夫为首的 1130 名苏军烈士。

遥远的兴凯湖

远古文明之光

终于站在了兴凯湖畔。

记得还是 30 多年前在哈尔滨读大学时，班上有一群来自上海的知青，在他们叽叽喳喳的交谈中，经常会蹦出“密山”“八一农大”和“兴凯湖农场”几个字。想象中，兴凯湖是个遥远而又荒僻的去处，要不咋会让这些皮白肉嫩的城里人去那儿“接受再教育”呢？早他们 10 年，那几个大名鼎鼎的文化人——丁玲、艾青、聂绀弩、丁聪、吴祖光不也是在那儿接受“劳动改造”吗？

想象归想象，兴凯湖有苦寒，也有诗意。在赫哲语中，“兴凯”的意思是水从高处往低处流，在满语里，“兴凯”的意思是水耗子，从名字的来历中不难看出兴凯湖的原生态特点。有意思的是，历史上，兴凯湖曾有一个很好听的名字——北琴海，因其地处“胡天北地”，形状又极像一种古典弹拨乐器——月琴而得名，在我看来，这个名字的诗意不亚于希腊半岛旁边那个充满浪漫情调的爱琴海，就不知为什么这个名字没有流传下来？

湿润滋生万物，湿润孕育文明。早在6000多年前的新石器时期，兴凯湖畔就是肃慎人的领地，肃慎是女真和满族人的祖先，也是北方最早的先民。他们在辽阔无边的兴凯湖上捕鱼，在湖畔茂密的原始森林中打猎，在沃野千里的黑土地上耕作，创造了北方早期的农耕渔猎文明。

在草木繁盛的湖岗上行走，抬眼间，一个高大威猛的汉子出现在面前，定神一看，原来是一尊雕像。根据行前的功课判断，这应当是新开流文化遗址。

果不其然，移步细看，雕像的基座上写着“大湖文明之光·肃慎人”。这名肃慎汉子右手持一柄长矛，左肩落一只鱼鹰，腰系捕获的猎物，目光炯炯，神情勇武。不难想象，那时候的兴凯湖畔就是北方的“鱼米之乡”，肃慎先民们过的是“棒打狍子瓢舀鱼，野鸡飞到饭锅里”的生活。

兴凯湖畔肃慎人

与国内其他大湖不同，兴凯湖是个界湖，横跨中国和俄罗斯，其中三分之二归属俄罗斯，三分之一归属中国。造成这种现象的原因还是那个软弱无能的清政府，本来历史上兴凯湖是中国的领土，可 1860 年的一纸条约，一片完整的水域就被切了西瓜。

清朝初年，大批满人随军入关，关内的汉人又被禁止出关，作为“龙脉之地”的兴凯湖一带被封禁起来，长达 200 余年。这就给一向觊觎邻国土地的“北极熊”以可乘之机，第二次鸦片战争期间，俄国人乘虚而入，迫使清政府签订了《中俄北京条约》，将兴凯湖自松阿察河口至白棱河口以南的大片水域割让给了俄国，自此，兴凯湖由内湖变成了界湖。

站在兴凯湖畔，遥望烟波浩渺的湖面，让人对历史生出无限感慨。

大小兴凯湖

亲临其境才知道，兴凯湖有大小之分。在月琴形的湖面顶部，有一道东西走向、宽数十米、长90公里的“湖岗”。湖岗笔直，如同人工筑坝，将湖面分为两部分，湖岗以北为小兴凯湖，湖岗以南为大兴凯湖。让人惊奇的是，一岗之隔，竟然完全两个世界。

登上那座高高的帆船造型观景台，可见大兴凯湖波涛拍岸，横无际涯，大气磅礴，恍惚中，以为是来到了海边；小兴凯湖畔则沼泽密布，湖面波澜不兴，帆影点点，温柔恬静。

同一片湖水，为什么会有如此之大的差异？看中央电视台《地理·中国》节目，得知有学者前往兴凯湖考察，揭开了这道地理之谜，原来，导致大小兴凯湖景象大异的原因就在于那道高高的湖岗，它像一道山梁，减弱了东南方向吹过来的太平洋海风。而这道湖岗最初则是一道水下堤坝，由于数万年的湖底水流回旋，淤积而成，随着湖水的退缩，这道堤坝慢慢露出水面，形成了今天的湖岗。

出乎意料又让人惊喜的是，大兴凯湖畔有一片面积不算小的沙滩，这让我这个喜欢户外行走的人着实过了一把与沙水亲近的瘾。水清沙细，微波荡漾，脱掉鞋子，站在水边，任由浪花阵阵拂来，轻轻拍打脚面，然后率性地在沙滩上走上几个来回，让脚掌脚趾扎扎实实地深入细软的沙粒中，体验肌肤与沙粒摩擦的感觉。这是一种人与大自然的无缝接触，酥酥的、痒痒的、微微有一些刺激，一种足底按摩体验不到的感觉。

10 集电视纪录片《龙之江》称："被完达山与乌苏里江环抱的兴凯湖鱼丰水美"，说得恰如其分。在当壁镇湖边的一户渔民家里，我们有机会近距离看到了兴凯湖大白鱼。这种鱼看上去体形修长，色白如银。大白鱼与乌苏里江的大马哈鱼、绥芬河的滩头鱼被称为"边塞三珍"，吃起来味道十分鲜美，因为它只吃湖里的小鱼小虾。

"如今野生的大白鱼越来越少了"，渔民叹了口气说。从渔民口中，我们得知，大白鱼主要产于大兴凯湖，由于捕捞过度，中国这边儿基本上见不到野生的大白鱼了，现在主要靠网箱养殖。有人冒着风险到俄罗斯那边儿偷捕，常常被抓住，遣送回来。旅游旺季时，大白鱼的价格是 200 元一斤，现在是淡季，但也要 120 元一斤。

饭间，渔民说，他有个侄子到俄罗斯出劳务，混得还不错。俄罗斯远东地区地多人少，资源丰富，近年来地方政府出台招商引资政策，吸引中国人过去从事农业种植、渔业捕捞和农副产品加工。有些小伙子过去之后干脆就在那边儿找个俄罗斯姑娘，建立一个小家庭，这样既有人照顾，又能学到地道俄语，一举两得。而在俄罗斯姑娘眼里，中国的小伙子不酗酒，又肯卖力气，知道疼媳妇。

大兴凯湖产鱼，小兴凯湖产鸟。2008 年的《中国国家地理》东北专辑里有一篇文章，名字叫“春季到东北来看鸟”，文中写道：塔头甸子遍布的兴凯湖湿地是候鸟迁徙的重要加油站。每年四五月间，来自东南沿海、长江中下游、渤海湾等越冬地的候鸟都要在此停歇聚集，最多的时候一天可达 17 万只之多。那当是一个草木竞发、野花开放、鱼跃水面、鸥鸟翔集的场景。如今，人们在小兴凯湖畔建起了观鸟平台，还有深入湿地的观鸟栈道和观鸟游船，可以近距离与这些珍稀鸟类接触。

在众多的鸟类中，我对丹顶鹤情有独钟，我在松嫩平原的扎龙看过度夏的丹顶鹤，在江淮平原的盐城看过越冬的丹顶鹤。在千里迢迢的迁徙之路上，兴凯湖是它们的重要驿站，这是我以前不知道的，这完全得益于三江平原的水丰草美。

虽然已近初秋，错过了观鸟的最佳时节，但走在寂静无人的湖畔，仍能见到三三两两的水鸟从湖面掠过，让人惊喜不已。

温柔恬静的小兴凯湖

屯垦戍边人

1954 年，时任铁道兵司令的王震将军到北大荒考察，身为湖南人的王震对一眼望不到边的黑土地赞叹不已，素有在南泥湾开荒和新疆屯垦经验的他，萌生了在这里建立国营农场的想法。经过中央批准，一场声势浩大的移民垦荒战役就此打响。

在王震的指挥下，先后有 10 万转业官兵奔赴北大荒，以 8 字开头的农场在完达山下、兴凯湖畔星罗棋布般布列开来。有人评价，这是堪与苏联开发西伯利亚和美国开发西部相提并论的世界三大移民开发之一。

60 年代中期，50 万名知青唱着“兵团战士胸有朝阳”来到三江平原，加入农垦大军，在黑土地上抛洒汗水，奉献青春，度过如火如荼的年月。来到黑龙江边的瑷珲知青博物馆，老远就能看到一面面火红色的砖墙，那无疑是那个激情迸发年代的集体记忆。

在兴凯湖畔的当壁镇，有一座建于 1993 年的“北大荒开发建设纪念馆”，广场上立有“王震将军率师开发北大荒纪念碑”，周边是五色土和花岗岩浮雕。纪念碑碑文的开头是这样的：“亘古荒原，渺无人迹，荆棘丛生，走兽之栖。”一句话就把北大荒的本来面貌展现给了众人。

也正是因为这种荒芜，给农牧业生产提供了土壤和条件。在农垦人的眼里，北大荒“捏把黑土冒油花，插双筷子也发芽”，在他们“胼手胝足、斗地战天”的努力下，昔日的北大荒变成了今日的北大仓，成为国家最重要的商品粮基地。记得我刚上大学时，班里一位上海来的知青说，他们每天的工作就是“修理地球”，调侃中带着心酸，个中辛苦，谁人知晓？

眼前的雕塑让人想起屯垦戍边的艰难岁月

屯垦戍边，在我国古已有之，早在西汉，张骞凿空西域后，汉武帝就开始在西域“置校尉，屯田渠犁”。1995年，考古学家在塔克拉玛干沙漠的尼雅遗址出土了一块织锦，上面绣有“五星出东方利中国”字样，据考证，这块织锦就来自在此戍边开荒的中原军队。我在该遗址附近的和田见过这几个字的展示，由此得知了这段历史。

汉朝以后，历代都把屯田作为经营西域的重要举措。

新中国成立后，出现了兵团这一特殊形式，50 年代成立了新疆生产建设兵团，60 年代相继成立了黑龙江、云南等生产建设兵团。这些屯垦戍边人一手拿镐、一手拿枪，平时为民，战时为兵，对边疆开发、建设和稳固起到了重要作用。70 年代，随着局势的变化，兵团建制被撤销或者改制。新疆地区由于情况特殊，兵团撤销后不久又重新恢复，我去过 5 次新疆，明显感到兵团在当地地位的特殊和重要。

我在边境地区行走有一个感觉，这就是，边境是否稳固与边疆地区是否繁荣有关。一个典型例子是，清兵入关后，为保住“龙兴之地”，修建“柳条边”，阻止汉人入关，结果造成东北地区社会经济萧条，后院空虚，俄人一次次乘虚而入，清政府直到后期才意识到这一点，但为时已晚。

离开兴凯湖，车子驶入三江平原腹地。已入金秋，蓝天白云下，稻浪翻滚，金黄一片。几次停车，拍摄美景。我后来制作了一个《美丽的黑龙江》台历，收入在这里拍摄的一张照片，取名“风吹稻浪”，很是养眼。

那一年，沿图们江旅行

望洋兴叹

即使是在交通、信息和旅游业发达的今天，图们江也是一条鲜为人知、鲜为人至的河流。它，静静地从长白山天池流下，蜿蜒在中朝边界，就连偶尔激起的浪花也是悄无声息的。

然而，20 多年前，平静的图们江水却掀起了一阵不大不小的波澜，联合国开发计划署（UNDP）在纽约联合国总部发布消息：用 20 年时间，筹资 300 亿美元，在图们江地带建设一个“北方香港”。

图们江在哪？人们打开地图在东北“那旮旯”开始寻找。待费好大劲儿找到之后才发现，它不过是中朝边界上的一条小河，名气远不如长白山流出的另外两条河——松花江和鸭绿江，甚至还不如它的一条支流——海兰江，因为在那首家喻户晓的朝鲜族民歌《红太阳照边疆》里有这样一句歌词：“长白山下果树成行，海兰江畔稻花香”。因为这首歌，海兰江的名字不胫而走，而图们江却一直默默无闻。

图们江流域开发之所以会引起这么大的重视，是由它所处的地理位置决定的。图们江位于东北亚核心地带，全长525公里，其中中朝界河段长510公里，但流到“土字牌”后，就成了俄朝界河。也就是说，图们江在流到离日本海还有15公里处时，被俄罗斯和朝鲜生生卡住了脖子，中国船只行驶到这里，只能望洋兴叹。

为何会出现这种情况？原来，清朝时期，图们江下游地带属中国领土，1860年，沙俄迫使清廷签订《中俄北京条约》，把黑龙江口至图们江口的大片土地划归俄国，中国由此丧失了日本海沿岸国家的地位。但即使根据这个条约，中国船只仍然有权从图们江航道出海。可到了1938年，日苏两国爆发“张鼓峰战斗”，日军随后用武力封锁了图们江口，此后，中国就失去了在图们江的实际出海权。

改革开放后，国内一些专家学者提出了恢复图们江入海权的倡议，引起各界重视，也引起了对东北亚区域合作感兴趣的 UNDP 的关注。由于地缘关系，吉林省对此事最积极，在当时的格局下，吉林的货物要想出海，只能南下走丹东港、大连港或者环渤海的几个港口，路途遥远，颇费周折。

如果打通了图们江这个身边的出海口，就可以大大缩短运输距离，到那时，吉林乃至整个东北地区的对外开放就将呈现一个新的局面，前景诱人。

打造“北方香港”

正是在这个大背景下，吉林省政府于 1992 年 7 月在长春举办了“图们江区域开发与东北亚经济合作国际学术讨论会”，会议承办方是吉林省社科院，参加会议的有政府主管部门、学术机构的代表，还有来自 UNDP 和东北亚各国的代表。

由于一个特殊机缘，我得以随中国前驻苏联大使杨守正参加了这次会议。杨大使时年 77 岁，已过古稀之年，但他精神矍铄，步伐稳健，嗓门洪亮，工作起来比年轻人劲头还足。

在爱国理想和热情的支配下，人们激情迸发，讨论热烈。记忆深刻的一个场景是，在一个房间里，几位老专家铺开一张大幅军用地图，围坐地上，俯身研究，及至深夜。

会议地点在南湖宾馆，这是当时长春条件最好的宾馆。在出席会议的代表中，我比较熟悉的有东北师范大学的经济地理专家陈才和袁树人教授，他们多次对图们江流域进行实地考察，调研论证，积极呼吁，其爱国敬业之心让人敬佩，他们的学问和成果更是堪称国内一流，我从他们身上学到很多专业知识，在潜意识中，也埋下了我对边疆人文史地感兴趣的种子。

经过热烈讨论，与会代表达成一个共识，即可以在图们江入海口的中、俄、朝交界处建一个跨国经济特区，由三国共管，境内实行特殊经济政策。其地域范围包括中国的珲春、俄罗斯的波谢特和朝鲜的罗津，面积约为1000 平方公里。以该三角向外扩展，还可以形成一个包括中国延吉、俄罗斯海参崴和朝鲜清津在内的大三角，面积约为 10000 平方公里。

一幅宏伟的远景展现在人们面前，那些日子里，几乎每个人的心都为它激动，为它憧憬。

这次会议同样激发了我的热情，回京后我写了一篇《东北亚经济合作与图们江开发》，发表在 1992 年第 8 期的《研究与动态》和 1992 年第 9 期的《中信人》报上。同时，我又约请我的同窗好友，《东北之窗》杂志副总编辑吴荣祚到报房胡同 69 号外交部高干宿舍楼对杨大使进行了采访。

遗憾的是，图们江开发项目的推进没有想象的那样顺利。东北亚地区形势复杂，有合作的潜力和机遇，更有对各自利益的考虑。在东北亚国际多边会议上，几个国家就某个议题进行讨论时，常常是刚一提出动议就开始争吵，特别是朝鲜半岛上属于同一个民族的两个邻国之间，对人不对事，水火不相容，UNDP 代表在会上的一个重要角色就是给这两家“拉架”。记得在一次国际会议上，时任对外经贸部国际司司长的龙永图在会间茶歇时，边喝咖啡边说：“这两家，坐到一块就掐，真拿他们没办法。”

这里不妨讲个小插曲，前不久，我到《中国国家地理》杂志社听讲座，遇到了当年参加这次会议的董锁成，他当年是中科院地理研究所的副研究员，现在已经是国内著名的区域经济专家，博士生导师。在他的办公室，我们一起回忆 20 多年前的往事，相谈甚欢。他的一个年轻女博士生听我们聊天，感觉很是新奇，似乎我们在聊一个恍若隔世的话题。

防川，鸡鸣三国之地

对我来说，1992 年的长春会议有一个重要收获，那就是会后随部分专家到图们江下游进行了一次实地考察。

那时候还没有高速公路，会议主办方联系了一架部队的苏制图系列小飞机，由长春飞往延吉。这种飞机只有 20 几个座位，机上只有两个驾驶员和一个空姐。飞机起降不稳，航行中晃晃悠悠，发动机轰鸣声不绝于耳。我以前没坐过几次飞机，更不用说这种小飞机了，一路上提心吊胆，直到飞机在延吉军用机场着了地，一颗悬着的心才放进了肚里。

延吉是延边朝鲜族自治州的首府，朝鲜族风情十足。当天晚上，我们来到一个朝鲜屯，尝地道的朝鲜冷面，听《阿里郎》《红太阳照边疆》和《桔梗谣》，与村民手拉手，围着篝火跳欢快的朝鲜族舞蹈。那时候旅游业还没兴起，商业化气氛不浓，吃到的、听到的和看到的都是原汁原味。直到今天，我一听到来自延边的“阿里郎组合”用三声部唱起这几首朝鲜族歌曲时，就会想起 20 多年前的这次延边之旅。

第二天一早，一行十几人乘车来到中朝边界的图们，参观完图们边境口岸后，沿图们江畔的边防公路一路行驶，先到珲春，最后来到边境线上一个叫防川的小村子。由于路况十分糟糕，汽车一路上颠簸不停，让车上人吃尽了苦头，但那时候，人人都被激情和梦想充盈着，有一位专家在车上说：“为了图们江通航，就是走搓板路也值得。”听起来是句玩笑话，但却是这些老专家们内心的真实想法。

防川村是图们江中国段的终点，位于中、俄、朝三国交界处，有“鸡鸣闻三国，犬吠惊三疆”之称。登上附近山坡的瞭望台，可以远眺日本海。但用东北话说，眼巴眼望，就是走不出去。隔着铁丝网就是中俄分界处的“土字牌”，两个俄罗斯士兵无精打采地坐在地上，腿上横着长枪，不时朝我们这边儿瞟过来几眼。

中俄边境上的“土字牌”

作为一名中国人，看着发源于自己境内的河流从别人的领土上流向大海，自己却无权走出去，能不着急吗？一位从吉林省科委退休的老专家多年在图们江流域奔波，他站在“土字牌”旁朝日本海方向凝望许久，然后回过头来，说：“图们江出海权不恢复，我死不甘心，等我死了就把我埋在这里吧！”

土字牌立于清光绪十二年（1886 年），是图们江下游划界的一个重要地标，负责办理这一事务的是清廷官员吴大澂。吴大澂是苏州人，同治年间的进士，金石学家，先后在陕甘、吉林、广东、河南、河北、山东和湖南等地任职，用现在的话说就是省级交流干部。在吉林期间，他与吉林将军铭安一起，建立边防军队，修筑炮台，创建松花江和图们江水师营，同时设立招垦局，移民垦荒，推行实边政策，是开发东北边疆的功臣人物。

有一次，我去穆棱寻访中东铁路伊林老火车站旧址，在兴源镇偶然发现路边有一个指示牌，上书“吴大澂纪念馆”，于是兴冲冲赶了过去。这个纪念馆是当地人为纪念吴大澂在这一带兴边的功绩而设立的，可惜那一天纪念馆没有开放。但隔着玻璃窗可见正堂有一副对联：道秉中庸和平处事，家传孝弟安乐长年；横批：一卧沧江；落款：翁同龢。一个地方官，能由帝师给题词，可见此人威望之高。

这次考察让我们了解了图们江流域的地理地貌和人文历史，同时也饱览了边境风光与风情，唯一感到遗憾的一件事是，到了长白山脚下却没能上去。杨大使对上

兴边功臣吴大澂纪念馆

山很感兴趣，我也希望能借他的光上去看看天池。杨大使对自己的年龄和身体有紧迫感，他私底下对我说："如果这次上不了山，可能我这辈子都上不去了。"

杨大使向主办方提出了上山的愿望，但主办方表示为难，理由是上山的路不好走，需要事先联系等等，杨大使听后没有再坚持。现在想来，杨大使是个以事业为重的人，不善于考虑个人利益，再加上他是外交官出身，说话比较委婉。杨大使的做法体现了老一辈人做人做事

的风格，还有那个年代纯净的社会风气。

20 多年后，由于我热衷户外活动，在一个金秋时节来到长白山脚下，沿着西坡的木栈道气喘吁吁爬到了山顶。那天的运气实在是太好了，雪后初晴，大气磅礴的天池美景一览无余地展现在眼前，多年的愿望得以实现。遗憾的是，杨大使于 2012 年以 97 岁的高龄过世，长白山天池成了他未竟的心愿。

边城丹东

被遗忘的虎山长城

长城有多长？如果 10 年前问这个问题，答案是 6700 公里，小时候课本上就是这么说的。可如果现在问这个问题，答案则是 8800 公里。为何如此？

按照过去的说法，长城东起山海关，西至嘉峪关，但 2009 年，经罗哲文等长城专家考证：长城东起鸭绿江畔的虎山，西至嘉峪关。这下明白了，过去计算长城长度时，不包括山海关至鸭绿江畔那一段，而这多出来的 2100 公里中，有相当部分就来自这一段。

明成化年间，为防御建州女真人侵扰，明政府将长城由山海关向东延伸，修至鸭绿江畔的虎山，新修的这一段称辽东长城，东端终点称虎山长城。到了清代，大部分辽东长城被拆除，原因很简单，清朝统治者就来自关外，其祖上就是女真人，不能打自己的嘴巴子。但清政府为了防止关内百姓涌往关外，保住其“龙兴之地”，又羞羞答答地修建了一个“柳条边”，代替用石头垒起来的长城。

此后，虎山长城渐渐被人们遗忘，山海关则被视为万里长城的东端起点，并被赋予了“天下第一关”的称号。

我到过长城的多个关口，细数一下，从东到西包括山海关、青山关、居庸关、古北口、大境门、镇北台、老牛湾、三关口、嘉峪关。虎山长城关口啥样？既然带个“虎”字，就应当是虎踞龙盘或者虎视眈眈的吧？

果不其然，出现在我们面前的虎山为两个并排高耸的山峰，隔鸭绿江与朝鲜相望，据说因其状似虎耳，最早被称为虎耳山，后演化为虎山。山不算高，但山势险峻，山体陡峭。修筑在这样一座山体之上的长城，可想而知，同样也是险峻和陡峭的。不过，这段长城是在明长城遗址上修复起来的，墙体看起来较新，少了几许沧桑感。

在我爬过的长城中，虎山长城可能是最陡的，有些地段近乎直立，后面人的头几乎就要碰到前面人的脚，

虎山长城上的一个券门

一旦上面有人踏空，下面的人就会一连串遭殃，比多米诺骨牌还惨。我不记得有哪段长城比它更陡，攻城云梯也就不过如此吧。

不到长城非好汉，到了长城不登更不是好汉，于是手脚并用，奋力攀爬。没过一会儿，气喘吁吁，汗水涔涔，两腿打颤。终于，在征服了一个个台阶、券门、敌楼和墩堡后，来到了山顶。

站在虎山长城烽火台上，想起4年前到过的嘉峪关，一个位于鸭绿江畔，一个位于河西走廊；一个位于长城最东端，一个位于长城最西端。长城，像一条弯弯曲曲、时断时续的线条，将相隔万里的两个端点连在了一起。

极目远眺，视野开阔，虽然天色已晚，光线不足，

但朝对岸望去，朝鲜一侧的农田、房屋隐约可见。朝方的房屋均为大屋顶，整齐划一，墙体灰暗，而中方这边的楼房则样式新颖，鳞次栉比。看守烽火台的男子说："那边都是集体农庄，相当于咱们过去的人民公社，房子是公家盖的，不像咱们这边，都是个人的，想咋盖就咋盖。"

走下长城，就是著名的"一步跨"。所谓"一步跨"，就是一条窄窄的河流，河这边是中国，河那边是朝鲜。这条河流是鸭绿江的一个分支，由于常年淤积，河道变窄，一步就可以跨过去，这里由此也成了一个景点，引来众多游人跃跃欲试。只可惜，河岸有铁丝网隔着，半步都休想跨过去，要是有谁胆大包天，敢于越过铁丝网，等待他的是枪子伺候。

如果说，白天的鸭绿江两岸看不出什么区别，那么到了夜晚，这种比较就非常鲜明了。江这边儿，灯红酒绿，嘈杂热闹；江对岸，灯火稀少，近乎死寂，只有一支探照灯在夜空中如手电筒般晃动，给人带来一种森严和紧张的气氛。

鸭绿江，断桥

走在鸭绿江畔，老远就能看见两座并排耸立的铁桥。桥这头是中国的丹东，那头是朝鲜的新义州，当年，几十万志愿军在彭德怀元帅的指挥下，雄赳赳，气昂昂，跨过鸭绿江铁桥，由此开赴朝鲜战场。

两座铁桥均建于日本占领朝鲜时期，其中一座铁桥在朝鲜战争期间被美军炸毁，因而成了断桥，现被作为旅游观光之用，让人时时记起 60 多年前发生的那场惨烈战事。另一座称中朝友谊桥，是现今丹东连接新义州的唯一通道，公路铁路两用，今天的人员往来和边境贸易都通过这座铁桥进行。

两座铁桥相邻不过百米，一个象征战争，一个象征和平，一个代表历史，一个代表现今。

走上断桥，只要留意，就会发现炮火纷飞年代留在钢梁上的印记。桥的尽头，是被美军轰炸机炸断的地方，称“炸断处”。据载，1950 年 11 月 8 日至 21 日，为切断志愿军的后勤保障，美军出动轰炸机 600 余架次，对鸭绿江上的所有桥梁进行了地毯式轰炸，鸭绿江沿岸一时间陷入火海，这座桥梁由此彻底瘫痪。那些卷起的横梁，扭曲的钢架，开裂的钢板，都在无言地述说着那场战争的惨烈。

在断桥的第四孔处，有一个旋转式“开闭梁”，以中心圆墩为轴，可以平行旋转 90°，以便大型船只从桥下通行。据介绍，世界上大多数开闭梁都是提拉式，这种平行旋转式很少见。如今，它已失去作用，由炸断处开始的桥板都已不复存在，不管多大的船只都可以从

断桥，几多记忆

桥墩之间穿过。

在断桥上走一个来回，看着桥梁钢板上的累累弹孔、脚下碧绿的江水和对岸静寂的田野，脚步变得似乎有些沉重。抗美援朝，新中国一段沉重的历史，怎是一座桥梁能够承载得了的？断桥，只是这段历史的一个小小缩影。

在新义州，我问朝方导游小金："你们对志愿军如何评价？"他听后马上说："朝鲜人民对志愿军非常感激，特别是年纪大的人，他们帮我们打败了美国佬，牺牲了很多人。”

小金毕业于平壤大学，旅游专业，说一口流利的汉语，和其他多数朝鲜人一样，黑瘦黑瘦，不同的是多了一副眼镜，显出几分文质彬彬的样子。本想问问他官方又是如何评价的，但又觉得这个话题有点敏感，话到嘴边没说出口。出关前，那位漂亮的女导游小王特地吩咐过我们，到了朝鲜那边不要乱说乱动，尤其不要谈论政治。“要是把你关到小黑屋里，学主体思想，写检讨，我可救不了你。”一句话就把大家伙给吓唬住了。

在新义州，我按照老习惯，想多拍点照片，结果几次被制止，并且受到严厉警告。在朝鲜境内，外国人不得随意走动，不得随意照相，单反相机不能带过境，如果想要拍照，必须按照导游的要求，在指定地点，按照指定的方向和场景拍照。朝鲜虽然也有人用手机，但他们用的是自己的局域网，我们带过去的手机根本就派不上用场。

午饭时，朝方旅行社安排节目助兴，一曲深情的《阿里郎》之后，就是慷慨激昂的《中国人民志愿军战歌》。乐声一起，小金在台下坐不住了，只见他快步走上舞台，抄起一只话筒，与女演员共同唱了起来，当唱到“打败美帝野心狼”一句时，小金挥舞拳头，情绪激昂，声音铿锵有力，全场气氛一下子被他给带动起来了。

大边贸，小边贸

丹东是我边疆行计划的最后一站，也是最有特色的一站。说丹东有特色，是因为，它不仅沿边——与朝鲜接壤，而且沿江——坐落在鸭绿江畔，还沿海——发源于长白山的鸭绿江由丹东流入黄海，“三沿俱全”给边境贸易带来了独特优势。

在丹东口岸等待出关时，乘机到货场转转，看到中方货车排成几列在等待出关，车上的货物多为水泥、钢材和农副产品，而朝方过来的主要是铁矿石等资源类产品。中方车辆要经过中朝友谊桥，跨过鸭绿江，运到对岸。在新义州口岸停留时，遇到几位中方过来的建筑工人，交谈中得知，朝鲜准备在鸭绿江边搞一个大型旅游项目，由中方承包，朝方对中国的建材需求量很大。

与大边贸相比，我们经历的一次“小边贸”或许更有意思一些。中朝边界上，有一条由朝鲜方向流过来的小河，注入鸭绿江界河，当地旅游部门与朝方协商，办起了朝鲜内河游项目，也就是说，中国游客可以从丹东乘船出发，沿朝鲜内河溯流而上，深入朝鲜内地。很多来丹东旅游的人都想通过这种方式近距离接触一下这个神秘陌生的国度，也算是不办护照不用签证就“出了一次国”。

一艘汽艇满载游人驶离岸边，向朝鲜一侧进发。岸边的于赤岛、九里岛、统军亭、女子兵营、发电塔、炮台、将军别墅、暗堡、检查站、轮渡口、集体农庄、军港遗址一一闪过，河面上不时可见朝方的巡逻艇快速驶过，船头上站着持枪的士兵，威风凛凛。

午后的阳光照在河面上，水波粼粼，汽艇驶过之处，浪花飞溅。随着河道的深入，两岸越来越静谧，河水越来越清澈，空气越来越凉爽。快到规定的界限时，船速慢了下来，就在这时，“突突突”，一艘柴油机驱动的铁皮船疾驶而来，让人不明就里。“别害怕，这是朝鲜的村民，过来卖东西的。”导游说，“那边穷，没啥好东西，但吃的东西放心，没污染，不掺假。”

铁皮船慢慢靠近汽艇，村民熟练地用一根粗麻绳套住汽艇上的铁柱，将两条船稳固住，然后开始交易。

铁皮船不大，但东西没少装。村民左手拿一条朝鲜香烟，右手拿一盒中华牌香烟，用生硬的汉语说：“大干部，大干部。”众人不解，导游说，这是朝鲜最好的烟，只有大人物才能抽得起，相当于咱们的中华烟，100 元人民币一条。推销完香烟，村民又拎起一个铁桶，里面装有 30 个盐水鸭蛋，也是 100 元人民币。导游解释说，他们的鸭子是水上放养的，主要吃水里的鱼虾，不喂饲料，鸭蛋价格比咱们的贵一点，但吃起来鲜嫩、细腻。

接下来是鸡蛋、泡菜、白酒、虎骨酒、高丽参……推销完毕，村民数了数钱，脸上露出笑容，竖起大拇指，双手作了个揖，然后解开绳索，掉转船头，疾驶而去。导游说，他每次大概都会有 1000 元人民币入账，在朝鲜人眼里，人民币是硬通货，朝鲜人见到人民币就相当

一位朝鲜边民在船上向我们兜售土特产

于中国人见到美元。不过，他的收入不能归个人，要交给生产队。作为中方导游，与朝鲜人做生意，他个人也没有提成和回扣这一说。

在边境地区，要想知道哪个国家条件好很容易，这就是看偷渡者往哪个国家跑。朝鲜一侧的边境控制极严，边境线上经常能够看到士兵持枪走动、巡逻艇在江上游弋，戒备森严。对偷越边界者，一旦抓住惩罚十分严厉，甚至采取非人道的手段，但即使这样还是经常有人冒险偷渡边境。一些朝鲜姑娘为了能填饱肚子，吃上大米饭，偷渡过来后，就嫁给了当地农村大龄、离异或者有残疾的男人，中国男人对这些朝鲜媳妇都很疼爱，因为她们能干活，温柔贤惠，孝敬老人。也有人借道中国，逃往蒙古国。我有一个同事，以前在内蒙古包头的满都拉口岸当过武警，他对我说，他们那里经常有朝鲜人偷越边界，到蒙古国避难，然后转道韩国。

当然，也有一些朝鲜农民不做偷渡之事，只是想打打擦边球，偷偷做点小买卖，改善一下生活，这些农民虽然老实巴交，但头脑比较活泛。在虎山长城，看守烽火台的男子说，晚上经常有朝鲜边民偷偷溜过来，拿农具、铁器、水产品换大米，大米在那边是稀罕物。时间一长，边民之间混熟了，往往还借着月光，就着泡菜，一起喝点小酒。

与其他界江不同，鸭绿江不是以主航道来划分国界的，而是以江岸为界，两国的船只可以随意在江面上行驶，只要不上岸就不算越境。这样就增加了监管难度，夜深人静，船只靠岸，人员登陆，很难发现，由此滋生了边境线上的“月光经济”。

后记

Postscript

“此景只应天上有，人间哪得几回观。”这是我站在海拔 4000 多米的帕米尔高原上，面对白雪皑皑的慕士塔格峰和清莹碧蓝的卡拉库里湖发出的感叹。

心在远方，路在脚下。是谁说过，生活中不止有苟且，还有诗和远方？对边远之地的憧憬促我远行，而既然选择了远方，便只顾风雨兼程。

世界上没有比脚更长的路，这些年来，我试图循着徐霞客地理考察的足迹，踏着玄奘西行取经的脚印，沿着斯文·赫定考古探险的路线，按照《远方的家—边疆行》节目的指引，在一次次遏制不住的冲动中，毅然背起简陋的行囊，挎上单反相机，怀揣《中国国家地理》杂志，跋涉西部，辗转边疆。

在那里，我看到了令人震撼的旷世美景，了解到了鲜为人知的人文历史，体验到了与内地迥异的风土民情。这些旅行够不上探险和考察，但也绝不是普通的观光和休闲度假旅游，从旅行目的地说，这些地点和线路大多位于偏远、荒凉、险恶和高海拔地区，难以抵达；从出行方式说，多数采取的是自助、半自助方式，或者随户外组织一起出行，很多路段是用双脚一步步丈量出来的，用专业和现代一点的词，毋宁说是“徒步旅游”更贴切一些。中国徒步网对徒步旅游的解释是：“旅游者以徒步为主要旅行方式，用行走的方式在走近自然景观和人文景观中获得强烈的旅游体验。”我的这些行走追求的正是这种理念。

大半辈子与文字打交道，近些年喜欢上了旅行，尤其喜欢去遥远神秘和奇山异水之地，寻幽访古，探胜猎奇，时间一长，觉得光这样走走，回来把照片往电脑里一拷，就万事大吉了，实在有些可惜。“这样做是不是太自私了？”我问自己。

好东西需要分享，于是调动文学潜能，在行走和拍照的同时，尝试写写游记，配上精美的照片，冠以“好望角”寻访之旅，在报纸、杂志、网站和微信平台上小范围传播共享一下，居然还挺受欢迎，就连《香港商报》网站也开始用繁体字转载起来。于是胆大起来，索性把这些零零碎碎、或长或短的旅行笔记整理出来，按陆路边境的顺时针方向编排，形成了现在的书稿。

我的中学老师潘荣元和吕玉梅伉俪一生在小兴安岭林区教书育人，很少出门。我通过 QQ 把书稿发给了他们，年届 70 的两位老师在为我点赞的同时，帮我找出了诸多文字语法方面的错讹失误，并提出了很多好的建议，40 多年前他们给我们批卷子改作文的情景出现在眼前，可以说，他们是这本书的“初审编辑”。他们希望通过我的文字，游览一番他们听说过但没有去过的地方，同时也是在继续尽一个老师的责任。我一向认为，能帮自己找问题、提建议、指路子的人是真正的朋友，实实在在的朋友，我对他们感激有加，敬佩有加。

我的硕士生导师周新城教授对我的文字也很感兴趣，他在看完图们江那篇游记后，回复邮件说“写得不错”，这让我心里多少有些美滋滋的，周教授一向对学生要求严格，很少听到他在表扬谁。周教授对这篇游记感兴趣也和他的学术背景有关，他是改革开放后国内研究俄罗斯经济的权威学者。周教授做学问认真，年过八旬的他，通过电子邮件就文中的一个细节与我反复推敲，直到搞清楚才肯罢休。我在体会“走无止境”的同时，又一次加深了对“学无止境”的理解。

本书序言由我多年的老朋友邹蓝写就。邹兄是改革开放后国内最早从事西部问题研究的学者，他所在的课题组提出的向西开放和发展边贸的建议受到中央高层重视，并得以采纳。自然，他也是国内最早的一位“边地旅人”，20年前我俩桌对桌办公时，我称他是“西部侠客”。在交通、通信和食宿条件都极为落后的年代，他传奇般的涉险远足令人钦佩，他在《喀什噶尔的风》一书中描述的边塞风物让人神往。我每写出一篇游记都要先发给他，得到他很多专业性的指点，并承蒙将其中精彩的章节登在他的搜狐博客、“新山海经”微信公众号和他任副主编的香港《经济导报》上。

感谢蒋频先生为本书题写书名。我与蒋先生相识是一次偶然机会，那次是去黔东南，途经贵阳，朋友做东，席间，一位性格豪爽、酒量逼人的中年男子吸引了我，朋友悄悄告诉我：“他是书法家，杭州西泠印社的。”于是心生一计，何不就此求一幅墨宝？借碰杯之机，我用试探的语气提出了想法，书法家的回答痛快简洁：“没问题！”条件嘛，只有一个——游记出版后签上名送他一本。于是，茅台酒杯一碰，一项重大“交易”达成。两周后，一幅墨香犹存的书法小品出现在我的案头，字体潇洒飘逸，一如其人。

需要感谢的还有“大话哈尔滨”网站的孙勇博士、《香港商报》的林彬彬、《中国交通报》的苏晶和高晓东、中国徒步网的金乔和任明、国际古道网的老探和小小、《北国旅游》的吴雪娇、《发现云南》的杨春、《中国国家地理》的刘晶和杜文龙、中国国际广播电台“边走边看”栏目的谢舒杨和王嘉玉、作家朋友简以宁、驴友续续、网球伙伴吕士卓……他们或为游记的写作提供了帮助，或为游记的发表提供了支持，没有他们，就不可能有今天的成果。他们中的有些人我至今没有见过，最初的交往无人介绍，没有利益关系，完全出于志趣相投，以文会友，我为这份纯真而感动。

“行险远地，观奇伟景”，这是回黑龙江老家旅行期间，潘荣元老师送我的一句话，是对书稿的中肯评价，也是对我这个边缘旅行者的殷殷鼓励，我想就用它作为本书的结尾吧。

2016 年 3 月 3 日于北京

图书在版编目（CIP）数据

边缘旅行 / 刘文军著 . — 北京 ：人民交通出版社股份有限公司，2016.6
（“好望角”寻访之旅系列）

ISBN 978 – 7 – 114 – 12964 – 3

Ⅰ . ①边… Ⅱ . ①刘… Ⅲ . ①游记 – 作品集 – 中国 – 当代 Ⅳ . ① I267.4

中国版本图书馆 CIP 数据核字 (2016) 第 088353 号

边缘旅行
（“好望角”寻访之旅系列）

著 作 者：刘文军
责任编辑：尤 伟
出版发行：人民交通出版社股份有限公司
地　　址：（100011）北京市朝阳区安定门外外馆斜街3号
网　　址：http：//www.ccpress.com.cn
销售电话：（010）59757973
总 经 销：人民交通出版社股份有限公司发行部
经　　销：各地新华书店
排　　版：北京楚泰文化传播有限公司
印　　刷：北京市密东印刷有限公司

字　　数：138 千　开　本：880 × 1230　1/32　印　张：8.625
版　　次：2016年 6 月　第 1 版
印　　次：2016年 6 月　第 1 次印刷
书　　号：ISBN 978 – 7 – 114 – 12964 – 3
定　　价：36.00元